생각은 생각일 뿐

생각은 생각일 뿐

석초 지음

스토리닷

들어가며

생각은 생각일 뿐이다

3년 전 첫 책을 《사계절 스스로 꾸준히》라는 제목으로 출간하였다. 내가 글 잘 쓰는 작가도 아니고 유명한 사람도 아니기에 책이 많이 나가지는 않았다. 그래도 내 책을 읽고 감동받아 나를 찾아온 군산의 모 초등학교 교장 선생님이 계셨는데, 군산에 이런 분이 계신지 몰랐다는 그분 말씀을 들었을 때는 참으로 기분이 좋았다.

나는 인생을 열심히 산 사람도 아니고 수행도 열심히 한 스님도 아니다. 그러나 눈치는 없어도 염치는 잃지 않으려는 마음은 가지고 있다. 이번에 두 번째 책으로《생각은 생각일 뿐》이라는 제목으로 출간을 하게 되었다. 이 제목을 붙인 이유는 우리는 잠자고 일어나 무수한 생각을 하면서 그 생각으로 인하여 웃기도 하고 울기도 하고 한숨도 쉬고 희망찬 희열을 소리치기도 한다. 그러다 잠이 들면 그 생각들은 어디로 갔는지 사람들은 그저 잠속에 있을 뿐이다. 또한, 남에게 속는 것보다 본인의 생각에 속는 것은 의식을 거의 못한다.

생각은 생각일 뿐이다. 세상은 생각대로만 되지 않는다. 노력하는 사람에게 희망은 언제인가는 맞이할 보물이지만 게으른 사람에게 희망은 그저 생각이 주는 속임수요, 하늘의 뜬구름을 잡는 일과 같은 것이다. 인생을 실속있게 살려면 생각은 단순명료(單純明了)해야 하고 흐트러짐이 없어야 한다.

사람 중에 성격이 맞지 않아 헤어지고 같이 하지 못한다고 한다. 이유는 성격이지만 본래 가리키는 것은 생각의 차이다. 이 말속에는 남의 생각이 나와 같기를 바라는 욕심도 있는 것이다. 이러한 욕심이 심하면 싸움까지 한다. 알고 보면 생각이 싸움까지 시킨 것이다.

나의 말이 절대적이라고 말하고 싶지는 않다. 각자의 판단력이 다르기 때문이다. 하지만 내가 살면서 몰랐던 것 그리고 내가 더 깊이 느꼈던 것을 썼을 뿐이다. 이번 내 책과 인연이 되어 서로 공감하는 것은 나로서는 좋고, 모자라는 것은 또 배워보고 싶다.

군산 은적사에서 석초 합장

목차

들어가며

17 ~ 73

나로부터 시작

75 ~ 133

복숭아꽃은 연지를 찍지 않아도 붉고

135 ~ 189

세상에서 가장 행복한 기다림

191 ~ 243

생각은 생각일 뿐

나오며

나로부터 시작

산은 산이요 물은 물이다

어떤 사람이 소원을 빌었다. 보이는 것마다 황금으로 변하게 해달라고 했는데, 소원대로 그 능력이 이루어졌다. 그런데 문제가 발생한다.

밥을 먹으려는 순간 밥이 황금으로 변하니 밥을 못 먹고, 옷을 입으려는 순간 옷이 황금으로 변하여 입을 수 없는 것이다. 황금이면 무조건 좋은 줄 알았는데 그렇지 못한 것이다.

그렇다! 산은 산이어야 하고, 물은 물이어야 한다. 산은 산으로서 역할이 있고, 물은 물로서 역할이 있는 것이다. 있는 그대로, 모든 것을 제 역할에 맞게 하는 것이 '있는 그대로의 값어치'다. 그것이 "산은 산이요, 물은 물인 것이다."

편리 후유증

❖

만물의 영장이라는 사람만이 쓰레기와 공해를 만든다. 편리를 좇는 인간의 욕심이 문명 발달이라는 이름으로 쓰레기와 공해로 인한 환경오염을 일으키고 있다.

쓰레기라는 것이 본래 있던 것이 아니다. 필요한 것을 넘어 남아돌면 짐이 되고 이 짐이 언젠가는 쓰레기가 된다. 나의 하루 생활을 돌아봐도 일회용 컵에서부터 다 먹으면 버려야 하는 PT병, 유리병 등을 배출한다. 플라스틱 또한 심각한 환경오염을 일으키고 있고, 배기가스도 공기오염과 지구 온난화의 주요 원인이다.

이러한 범죄를 주도하는 일은 인간만이 할뿐이다. 나는 지금 자라나는 청소년들과 유아들에게 이 문제로 인하여 미안하기만 하다. 인간의 욕심 때문에 피해를 입는 동식물에게도 너무나 미안하다.

과분한 편리함이 당장은 편하지만 현재가 지난 미래에 후유증을 남긴다는 것은 누구나 알 것이다. 이것 또한 반야심경(般若心經)의 부증불감(不增不減)에 들어간다. 결국은 무리한 편리함이 무리한 후유증을 만드는 것이다.

보이는 것만이 다가 아닌 세상

완연한 여름은 아니지만 아침은 봄 같고 낮은 조금은 여름 같은 날씨다. 시간이 흘러 저녁이 지나 밤이 되었다. 새벽에 눈떠 예불과 참선을 시작으로 이것 조금 저것 조금 하다 보면 저녁이 지나 잠자리에 들 시간이 된다. 시간이 보이지 않게 빨리 흘러간다.

요즘은 코로나가 사람의 생명을 흔들고 경제를 흔들며 세계를 흔들고 있다. 지구가 한동네라는 말을 코로나가 다시 증명해 주고 있다. 이렇게 보이지 않는 코로나가 세계를 흔들어 보이고 있다. 결국 보이는 것만이 다가 아닌 세상이라는 것을 다시 보여주고 있다.

우리는 보이는 욕심에만 길들여져, 욕심으로 보이지 않는 과보가 일어나는 것을 볼 때까지 너무나 무지함을 모르고 산다.

이러한 무지함을 알 때 '보이는 것만이 다가 아니라는 것'을 알 것이다. 이제부터는 보아야 한다. 그리고 방심하지 말아야 한다. 욕심이 일어날 때 마음을, 욕심에 무너지는 마음을…….

기도의 향기

아주 청명한, 여름 같지 않은 신선한 여름날 아침이다. 오늘은 초하루 법회가 있는 날이다. 코로나로 사람들이 절에도 별로 오지 않고 있다. 그래도 열심히 기도하시는 분은 있다. 우리 은적사 회장님은 요새 백중기도 때, 하루에 다라니를 108독 하는 원력을 가지고 부지런히 하고 계시다. 그러던 중 오늘 초하루 아침에 서로 인사를 나누었다.

"스님, 요새 다라니 108독을 하니까 입안에서 향기가 나네요."

그렇다. 기도를 하다 보면 별의별 기적들이 다 나타난다. '기도하라 그리고 범사에 감사하라'라는 말씀이 성경에도 있다. 기도는 영원한 생명력이다.

비 오는 날의 마음 산책

❖

비가 와서 함께 추억의 노래를 듣고 있는 아침이다. 세월이 지나면서 인연의 소중함을 더욱 자주 느낀다. 인연이라는 것이 부모형제 친척 등 혈연을 비롯하여 친구 등을 비롯한 학연 사회인연 등이 있다. 누구나 좋은 인연이 되기를 원하지만 그렇지 못한 경우도 허다하다.

가족의 인연이 우선이다. 어쩌면 소중한 것 중에 제일 먼저 접하는 것이다. 남이야 서로 안 맞으면 보지 않으면 되지만, 가족의 인연 고리는 숙명 중에 숙명이다. 그러니 가족과의 악연이 가장 고통이다. 사람들과 상담하다 보면 무난한 가족들을 누구나 부러움의 대상이다. 그렇지 못한 가족들은 무난한 가족들을 부러워하면서 신세 한탄만 한다. 신세한탄 전에 이것 또한 나의 업연(業緣)임을 인정해야 한다.

가족 외의 인연도 이러하다. 이것 또한 나의 업연(業緣)이다. 그러므로 무작정 피할 수만은 없는 것이다. 피하려고 하여도 피하지 못하는 경우가 엄연히 존재한다. 이러한 현상 또한 나의 업연임을 재 증명해준다. 할 수 없다. 받아들이는 의식으로 전환해야 한다. 그렇지 않다면 인연을 선연(善緣)으로 만드는 연습을 하자. 이러한 방법이 지금 이 시간에 내가 스스로 만드는 것이다.

지금 내가 살고 있는 이 시간이
내생(來生)에서 가장 고귀한 시간이고
지금 내가 살고 있는 이곳이
내생에 가장 고귀한 장소이고
지금 내가 만나고 있는 사람이
내생에서 가장 고귀한 사람이고
지금 내가 하고 있는 일이
내생에 가장 고귀한 일이라고 생각해 보라.

사람들은 지금 이 순간이 원인과 결과를 만드는 업연(業緣)임을 잊고 살 때가 많다. 우리는 늘 지금만 살고 있다. 과거는 지나가면서 현재의 결과물을 남긴다. 현재 또한 현재라고 하는 순간 과거로 가버리면서 현재의 결과를 남긴다. 현재의 나의 행동 또한 미래의 결과물을 남기고 있다. 이것이 누구나 가지는 인연의 고리이자 업연이다.

좋은 인연을 만들고자 하는 사람은 '지금'에 충실하면 된다.

잘 살려면

❖

안 되는 사람, 하기 싫은 사람은 핑계가 많다. 게으른 사람은 변명이 많다. 못하는 사람은 이유가 많다. 나약한 사람은 투정이 많다. 실패한 사람은 사연이 많다. 만족할 줄 모르는 사람과 미련한 사람은 불평이 많다. 그리고 도리를 모르는 사람은 당당함과 당돌함과 뻔뻔함을 구분하지 못 한다.

나로부터 시작

어릴 때는 나보다 중요한 사람이 없고, 나이 들면 나만큼 대단한 사람이 없고, 늙고 나면 나보다 더 못한 사람이 없다. 돈에 맞춰 일하면 직업이고, 돈을 넘어 일하면 소명이다.

칭찬에 익숙해지면 비난에 마음이 흔들리고, 대접에 익숙하면 푸대접에 마음이 상한다. 문제는 익숙해져서 길들어진 내 마음이다. 집은 좁아도 같이 살 수 있지만, 사람 속이 좁으면 같이 못 산다.

내 힘으로 할 수 없는 일에 도전하지 않으면, 내 힘으로 갈 수 없는 곳에 영원히 이룰 수 없다. 사실 나를 넘어서야 이곳을 떠나고, 나를 이겨내야 그곳에 이른다. 갈만큼 갔다고 해도 생각하는 곳에서 얼마나 더 갈 수 있을지는 아무도 모르고, 참을 만큼 참았다고 생각하는 곳에서 얼마나 더 참을 수 있는지는 누구도 모른다.

지옥을 만드는 방법은 간단하다. 가까이 있는 사람 미워하면 된다. 천국 만드는 방법도 간단하다. 가까이 있는 사람 사랑하면 된다. 모든 것이 다 가까이에서 시작된다. 상처를 받을 것인지 말 것인지 내가 결정한다. 상처를 키울 것인지 말 것인지 내가 결정한다. 상처를 지킬 것인지 말 것인지 내가 결정한다.

그 사람 행동은 어쩔 수 없지만, 반응은 언제나 내 몫이다. 산고를 겪어야 새 생명이 태어나고, 꽃샘추위를 겪어야 봄이 오고, 어둠이 지나야 새벽이 온다.

거칠게 말할수록 거칠어지고, 음란하게 말할수록 음란해지고, 사납게 말할수록 사나워진다. 결국 모든 것이 나로부터 시작되는 것이다.

나를 다스려야 뜻을 이룬다.

도(道)와 돈이 함께하시길

동물과 사람이 다른 점 중에 하나는, 사람은 생활을 하고 동물은 생존을 한다는 것이다. 사람이 당연히 쓸 것만 쓰고 필요한 만큼만 갖는다면 소욕지족(少欲知足)으로, 참으로 인간적이고 아름다운 삶이 되지만, 필요한 것도 없어서 생활고에 떨어지면 이때 생활에서 생존으로 전락해 버린다. 이럴 때는 비참해질 수밖에 없다.

그렇다고 욕심을 부려 돈을 쟁취하라는 것은 아니다. 그러면 돈을 벌어 봤자 돈이 독(毒)이 된다. 이러해서 도(道)와 돈이 함께해야 한다. 도(道)가 없는 돈은 독(毒)이 된다. 돈이 없는 도는 궁색하다.

가릴 것과 속이는 것

연극이 없는 인생이 없고 인생이 아닌 연극이 없듯이, 살면서 가리는 것과 속이는 것을 구분해야 한다. 남을 속이는 것은 좋은 일이 아니지만, 남을 위해 상대의 오해소지나 쓸모없는 시비가 될 소리와 단점을 가려주는 것은 지혜로운 일이다. 또한 나의 단점이나 남에게 보이고 싶지 않은 것을 수정 보완하는 노력의 가림은 아름다운 것이다.

그러므로 가릴 것과 속이는 것을 구분하는 지혜도 필요하다. 세상의 시끄러움은 속이는 것이 드러난 이유도 있었지만, 굳이 얘기할 필요도 없고 드러낼 필요도 없는 것이 여론화되어 시끄러운 혼동을 가져오기도 한다.

이러한 이유도 가릴 것과 속이는 것을 구분하지 못해서 그런 것이다.

의심과 의문

사람을 함부로 의심하는 것만큼 나쁜 것은 없다. 하지만 살면서 일어나는 생활 속 일들을 생각 없이 흘려보내는 의문 없는 삶은 고인 물처럼 정체된 삶이다.

사람들은 삶이 무난하면 좋아도 하지만 변화와 스릴이 없다고 짜증을 내고, 변화와 스릴이 많으면 긴장과 스트레스가 생긴다고 두려워하거나 짜증을 낸다. 살면서 일어나는 일보다 사람들 마음이 그 일에 제대로 적응하지 못하는 것이 더 문제임을 인식하지 못한다. 알고 보면 그 문제 또한 내가, 본인들이 만든 것이다.

누굴 탓하겠는가? 다 내 탓인 것을! 그러니 살면서 될 수 있는 한 의심은 하지 않더라도, 반성하는 마음으로 의문은 가져 보아야 한다. 때로 의심은 상대를 미워하고 본인도 좋지 않은 생각을 갖게 하지만, 의문은 자신을 돌아보는 계기가 될 것이다. 마치 한의사가 환자에게 막힌 혈 자리에 침을 한방 놓음으로써 혈이 뚫리듯이 말이다.

"늘 스스로 본인에게 물어보라! 그리고 본인의 마음을 점검해야 한다."

물음표가 없는 인생은 발전이 없다.

안다는 것

장맛비가 추적추적 내리다 멈춘 여름날 해질녘 시간이다. 비가 그치기 전 어머님께서 전화를 주셨다. “스님, 장맛비가 며칠 계속 지속되니 방에 불 좀 넣고 옷도 세탁을 잘 하세요. 방도 고실고실 하게 하고 옷도 냄새가 나지 않게 하세요.”

출가를 했어도 당신이 낳은 자식이니, 그리고 나의 타고난 성품이 게으른 편이라 이리 일러주신다. 철이 없을 때는 부모님과 어른들 말씀에 말대꾸도 했다. 유행가 노래 가사처럼 ‘그땐 진정 난 몰랐네’ 시절은 누구나 있을 것이다. 그렇다. 사람이 안다는 것은 지금 바로 들어서 아는 것이 있고, 세월이 지나서 그때 아는 경우가 있고, 닥쳐 봐야 아는 경우도 있다. 그런데 사람들은 제대로 알지도 못하면서 호언장담(豪言壯談)을 한다. 이런 것을 주의해야 한다.

나만의 부처님과 하나님과 알라는 없다

❖

사람들 중에는 기도를 정당하게 하지 않고 본인 욕심만 채우려는 기도를 하는 사람이 있다. 기도는 욕심을 이루려는 데 있지 않고 '불안을 안정으로, 부족함을 노력으로 메꾸고, 나만 소중한 것이 아니라 모두가 소중함을 일깨워 주는 것으로' 기도를 삼아야 한다.

즉 욕심을 버리고 순수한 마음으로 해야 한다. 욕심을 채우려는 기도는 기도가 아니라 욕심의 연장이다.

그중에 알라나 하나님이나 부처님이 자기를 믿는 자에게는 복을 내려 주고 믿지 않는 이에게는 재앙을 내려 준다고 생각하는 사람도 있다. 그렇다면 낮에 해를 보라! 해가 어느 누구 한 개인에게만 햇빛을 비추는가! 그래도 이해가 안 된다면 밤에 달빛을 봐라! 달빛이 "달님아, 달님아" 하고 부르는 사람에게만 비춰지는가!

“꽃은 스스로 고와 나비를 부르고 시궁창은 스스로 썩어 파리를 부를 뿐이다.”

그러므로 모든 햇빛과 달빛이 차별 없이 비춰듯 예쁜 마음을 내면 햇살과 달빛에 비춰진 모습이 아름다운 것이요, 욕심내면 추해진다. 그 얼굴에 그 햇살이다.

생각과 꿈

생각은 어떠한 생각이든 눈을 뜨고 잠을 자지 않고 꾸는 꿈이고, 꿈은 어떠한 꿈이든 눈을 감고 잠을 자면서 하는 생각이다. 그러므로 생각에서 깨어나는 것은 꿈에서 깨어나는 것이고, 꿈에서 깨어나는 것은 생각에서 깨어나는 것이다.

"하늘의 번갯불은 아무리 쳐도 하늘을 태운 적이 없다. 소낙비가 수없이 내려도 소낙비는 바다를 적신 적이 없다."

보이는 것을 통해 보이지 않는 것까지

하늘을 나는 새들은 참으로 평화로워 보인다. 호수의 백조처럼 우아한 존재도 없을 것이다. 발레리나가 발레로 허공에 아름다운 선을 그리는 무용도 아름답기 그지없다.

하지만 하늘을 나는 새는 먹이를 찾아 날갯짓하는 것이 힘들기만 하다. 호수의 백조 또한 차가운 물속에서 다리를 젓느라고 애쓴다. 발레를 하시는 분도 허공에 아름다운 선을 그리기 위해 수없이 발톱이 빠지며 연습하는 것이 여간 고통스러운 일이 아니다.

우리의 삶이라는 것이 겉보기와 내면의 상황이 다른 것이 무수히 많다. 타인에게는 아름답게 비춰질지 몰라도 내면에는 살기 위한 발버둥이 이만저만 고역이 아니다. 이렇게 보이는 것을 통해 보이지 않는 것까지 보아야 한다.

겉만 보는 것이 눈으로 보는 것이라면, 속까지 보는 눈이 마음으로 헤아려 보는 마음의 눈이다. 가만히 생각해 보면 보이는 것을 통해 보이지 않는 것까지 보는 것이 마음의 눈이다. 마음의 눈이 열릴 때 서로 하나가 되고, 시비는 사랑으로 변한다.

화합(和合)

마음 맞는 사람들과 같이 하는 화합은, 화합이라는 말도 필요 없이 저절로 되는 화합이라 화합이라는 말도 필요가 없다.

마음이 맞지 않아도 마음을 서로 맞추어 나가는 화합이 더 값진 화합이다. 상대가 맞지 않아도 마음을 맞추어 주는 것은 속이 없어서가 아니라 속을 비워서 그런 것이다.

때론 속을 비워 맞추어 주는 사람을 바보로 아는 이는 자기만 아는 이기주의자다. 그래도 배려하고 맞추어 주는 바보로 오해되는 사람이 자기만의 생각에 갇힌 이기주의자보다 낫다.

왜? 진실은 밝히지 않아도 진실이니까.

부족에서 완벽까지

우리는 무엇을 하든 이왕이면 완벽을 추구한다. 그러나 나를 포함해 모두의 완벽은 거의 드물다. 사람마다 바라보는 관점과 추구하는 지점이 꼭 같을 수 없기 때문이다. 그러다 어느 정도 만족으로 마무리 짓는다.

완벽으로 가는 길은 부족함을 아는 것에서 시작된다. 모르면 물어볼 줄 아는 습관을 가져야 한다. 사자성어 중에 불치하문(不恥下問)이라는 말이 있다. 즉 본인보다 어린 사람에게 묻는 것을 부끄러워하지 않는다는 뜻이다. 그러나 자존심 때문에 이렇게 하지 못하는 분들도 있다. 이런 분들은 나이가 들어도 발전이 없다. 세 살 버릇이 여든까지 간다는 말이 있듯이 이것도 습관이 되면 개선되기 어렵다. 운명을 만드는 것이 습관이다. 좋은 습관은 어릴 때일수록 길들이는 것이 좋다. 습관을 개선하지 않고 방치하는 것만큼 나쁜 것은 없다.

조화로운 타협(妥協)은 좋지만, 방치된 스스로의 타협은 좋지 않은 것이다. 늘 겸손해야 한다. 겸손해야 보인다. 겸손 속에서 도전하는 패기가 있어야 한다. 그러다 보면 부족에서 완벽까지 이를 수 있다.

인정과 존중과 성장

상대를 인정하는 것은 그 사람의 장점을 성장시키는 일이다. 또한 상대로부터 장점을 인정받는 것은 나의 성장에도 도움이 된다. 친하든 친하지 않든 서로 인정해 주는 것이 성장의 요소가 된다. 때로는 지치고 허기질 때 서로의 장점을 이끌어 주면 우정이 싹틀 것이다.

상대의 입장을 헤아려 주는 것이 존중이다. 남을 존중해 주는 사람이 존중을 받는다. 하지만 상대를 무시하면 상대 또한 나를 무시할 것이다. 집안에서도 아버지가 어머니를 무시하고 어머니가 아버지를 무시하면, 그 집 아들도 장가가서 아내를 무시하지 말라는 법 없고 그 집 딸도 시집가서 남편을 무시하지 않으리라는 법이 없다.

어른이라고 본인은 제대로 하지도 않으면서 자식을 훈계하다 보면 "아빠도 그랬잖아!"라는 말을 듣는다. 어른이라고 일방적으로 훈계하면 아이들은 때로 어쩔 수 없이 받아들이기도 하고 때로는 반항도 한다. 심하면 어른으로서 대접을 못 받는다.

옛날 말에 이런 말이 있다. 하루살이가 어찌 내일을 알 것이며, 한철 매미가 어찌 다음 철을 알 것이며, 도를 닦지 않은 이가 어찌 내생(來生)을 알겠는가! 우리는 무한히 배워야 하는 존재이고 서로 인정하고 존중 속에 성장해 가는 존재다.

행복을 주는 사람

우울한 사람은 과거에 살고, 불안한 사람은 미래에 살고, 평온한 사람은 현재에 산다. 문을 열면 바람이 들어오고, 마음을 열면 행복이 들어온다. 아침엔 따뜻한 웃음으로 문을 열고, 낮에는 활기찬 열정으로 일을 하고, 저녁엔 편안한 마음으로 끝을 낸다.

어제는 어쩔 수 없는 날이었지만, 오늘은 만들어갈 수 있는 날이고, 내일은 꿈과 희망이 있는 날이다. 내가 웃어야 내 행동도 미소 짓고, 나의 표정이 곧 행운과 불행의 열쇠를 선택한다. 믿음은 수시로 들이마시는 산소와 같고, 신용은 언제나 지켜야 하는 약속이다. 웃음은 평생 먹어야 하는 상비약이고, 사랑은 평생 준비해야 하는 비상약이다. 기분 좋은 웃음은 집안을 환하게 비추는 햇빛과 같고, 기분이 좋지 않더라도 웃을 수 있는 사람은 언젠가는 웃을 수 있는 일을 만들 수 있는 사람이다. 햇볕처럼 화사한 미소는 집안을 들여다보는 천사와 같다.

꽃다운 얼굴은 한철에 불과하나, 꽃다운 마음은 평생을 지켜준다. 장미꽃 백 송이는 일주일이면 시들지만, 마음꽃 한 송이는 백년의 향기를 풍기네!

건강할 때는 사랑과 행복만 보이고, 허약할 때는 걱정과 슬픔만 보인다. 그래도 좋은 추억만 간직하는 사람이 혼자 걷는 길에는 예쁜 그리움이 있고, 둘이 걷는 길에는 어여쁜 사랑이 있고, 셋이 걷는 길에는 따뜻한 우정이 있다. 넷 이상 무리 지어 걸어도 사람들에게 행복을 주는 사람이 된다.

걱정 많은 사람에게

산행(山行)을 하는데 짐이 무거우면 몸이 힘이 드니 필요한 것만 가지고 가는 것이 지혜다. 인생살이도 그렇다. 생각이든 물질이든 필요한 것만 지니는 습관이 필요하다. 무게가 없는 생각도 너무 많으면 마음이 무겁다. 물질 또한 많으면 짐이 되다가 나중에는 쓰레기가 된다. 가지고 있는 물건도 쓰지 않으면 일어나는 현상이다.

사랑을 탐하는 것은 집착이다. 집착이라는 것을 다르게 표현하면 마음의 짐이다. 사랑이 이루어지지 않으면 원망과 미움이 따르고 마음의 짐이 생긴다. 진정한 사랑은 원망도 미움도 벗어난 자비다.

물질을 탐하지 않는 사람은 아무것도 없어도 가난하지 않으니 물질에 얽매이지 말아야 한다. 아는 것도 좇지 말고, 모르는 것에도 얽매지 말라. 알면 아는 대로 모르면 모르는 대로, 모르는 것을 알아야 할 때는 알아보면 된다. 모른다고 어리석은 것은 아니다. 단 모르면서 아는 체하는 것과 제대로 알지 못하면서 우기는 것이 어리석은 것이다. 그러니 알고 모른 것을 걱정하지 말라. 이러한 마음을 지니면 모른다고 어리석음에 빠질 필요도 없다.

걱정이 많은 사람에게 이 글을 바친다.

언제 어디서나

언제 어디서나 남을 도우면 자기 자신도 이롭게 되어, 언제 어디서나 어디를 가든 행복하다. 토끼를 잡을 땐 귀를 잡아야 하고, 닭을 잡을 땐 날개를 잡아야 하고, 고양이를 잡을 땐 목덜미를 잡으면 되지만, 사람은 어디를 잡아야 하나? 멱살을 잡으면 싸움이 되고 손을 잡으면 뿌리칠 것이니, 내 마음대로 되지 않는 것 또한 사람 마음이다. 어쩌면 내 마음대로 되지 않는 것 중에 제일이 사람 마음이다. 그래도 결국은 마음을 잡아야 한다.

남이란 알고 보면 나와는 다른 나다. 나 또한 남과 다른 나다. 즉 다름을 인정하는 것부터 시작되어야 한다. 다름을 인정하는 순간 같은 '나'가 될 수 있는 것이 남이다. 서로 다름을 인정할 때 나와 남은 우리가 되고 우리는 서로 합쳐진 '나'가 된다.

우선 가까이 있는 사람의 마음부터 잡도록 노력해야 한다. 내가 만나는 사람이 하루에 수십 명이라고 가정하면, 내가 어떤 사람을 내 사람으로 만들었다면 그 사람이 만나는 사람도 내가 만나는 사람의 일부가 될 것이다. 왜냐하면 그 사람이 만나는 사람과 함께 내 얘기를 할 수 있으니까!

하지만 내 마음과 맞지 않는다는 이유로 불쾌하다는 이유로 내 마음이 날카로운 칼이라면, 때로는 상대도 위험하다 느껴 방패로 마음을 막을 것이고, 만만하다고 느끼면 같이 칼을 휘두를 것이다. 만약 아무리 마음을 맞추려 노력하는데 해도 해도 안 된다면 그때는 일단 접어보는 것도 괜찮다.

내 마음이 햇살처럼 부드러우면 상대방은 가슴을 열고 햇볕을 쪼이겠지만 내 마음이 시리도록 차가운 바람이라면 상대방은 추워서 마음의 문을 꽁꽁 닫을 것이다. 내 마음 쓰기에 따라 상대방도 온도를 맞춘다. 내가 이웃으로 보내는 떡이 커야 그 이웃도 떡을 담을 수 있는 접시를 큰 것으로 준비할 것이다.

진리를 먼 곳에서 찾지 마라

봄을 찾기 위해 온 천하를 다녀보아도 찾지 못해 집에 돌아오니 뜰 앞에 새싹이 돋는다는 말이 있다. 유행가 가사 중에도 "먼 곳에 있지 않아요. 그대 곁에 가까이 있어요."라는 구절이 있다. 사람들 심리가 소중한 사람이 옆에 있을 때는 소중함을 모르다가 그 사람이 없을 때 그 사람의 소중함을 아는 경우가 있다. 불경과 성경은 결코 진리가 아득히 멀리 있다고 이야기하지 않는다.

또한 불경과 성경을 다 읽어보라고도 하지 않는다. 다만 불경과 성경을 읽다가 진리를 알았으면 실천을 하면 되는 것이다. 그러다 보면 믿음이 생기고 지혜가 생기고, 행동으로 옮기다 보면 증득한다. 이것이 바로 신해행증(信解行證)이다.

그러니 지금 바로 해야 할 일이 있는데 하루 종일 불경

읽는다고 시간을 소모할 필요가 없고 참선할 필요도 없다. 큰스님 만나면 도 튼다는 생각도 할 필요가 없다. 자기에게 주어진 일을 열심히 하다 보면 도는 자기를 벗어난 적이 없음을 알 것이다.

평상시 생활 자체가 기도요 수행이다

기도나 수행이나 신앙생활을 하는 공간이 따로 있는 것이 아니다. 내 가정이 곧 교회요 법당이다. 내 몸 자체가 부처요, 이 지구의 창조자라고 하는 주인인 것이다. 내 이웃과 가족이 도반이요, 우리가 사는 이 생활 자체가 천국이요, 극락이며 지옥이다. 그래서 이 모든 신앙생활 자체가 기도요, 수도라는 것이다. 이러한 사실을 인지하지 못 한다면 신앙생활을 잘못하고 있는 것이다.

내가 머물고 생활하는 이 공간을 바로 천국으로 극락으로 만들어야 진정한 기도를 한다고 할 수 있겠다. 결과 없는 기도나 수행은 모래로 성을 쌓는 것과 같다. 실천이 없는 생활은 삶의 변화를 가져오지 못하며, 이러한 태도의 기도나 수행은 잘못된 것이다. 말로만 기도한다 수행한다라는 식의 믿음은 잘못된 길을 걸어가고 있는 것이다. 우리

주위에 많은 분들이 잘못된 기도를 하고 있다. 꽃은 있으되 향기가 없는 것과 같다.

지금부터 정말 기도 응답을 받아보자. 기도 응답은 나 자신의 변화다. 겸손과 사랑, 자비, 온유함, 화평, 평등심으로 나 자신이 변화되는 것이 기도 응답이다. 기도 응답을 받았다는 분들 중에는 하나님을 만났다, 나에게 은혜를 주셨다 하면서 방언을 하는 사람도 있는데 이는 잘못된 신앙생활을 하는 불쌍한 사람들이다.

스님들 중에도 화엄신장이 옹호해 준다고 산신기도, 용왕기도, 관음기도를 하면서 어떤 가피력을 얻기 위해 잘못된 신앙생활을 하는 분이 많다. 이러한 현상은 기도 중 일어나는 환형(幻形)에 불과하다.

오직 자신의 생활 변화, 즉 현실에서 주어진 일에 열심히 하고 주위 분들에게 겸손하면서 양보하고 이해하는 행동들이 바로 멋진 수도생활과 기도의 결과다. 그러면서 생색이 없는 평상심이 기도의 완성이다. 지금부터 이러한 진정한 기도를 해보도록 하자.

세상살이

우리가 아기였을 때 부모님께서 우리 비위를 맞추셨지 우리가 부모님 비위를 맞추지 않았다. 우리들도 어른이 되고 아기를 얻었을 때 아기에게 비위를 맞추지 아기가 우리에게 비위를 맞추라고는 하지 않는다. 아기를 바라보면 그저 예쁘기만 하다. 그리고 어른이 예뻐한 만큼 아기들도 예쁜 짓을 한다.

세상살이도 그렇다. 내가 세상에 맞추어야지 세상을 나보고 맞추라고 할 수는 없다. 세상도 내가 열심히 살면 나를 외면하지 않는다. 핑계가 많은 사람 치고 자신을 돌이켜보는 사람이 드물다. 심지어 불평불만으로 세상을 탓하지 말고, 불공평하다고 생각이 들지라도 내가 세상에 얼마나 맞추어 살았나 생각해 보자. 엄밀히 따지면 본인만이 만든 세상이 그러한 것이다.

연꽃은 흙탕물 속에서 핀다. 이것을 화엄경(華嚴經)에서는 처염상정(處染常淨)이라 한다. 진흙탕에 있어도 연꽃은 진흙에 물들지 않는다는 뜻이다. 세상살이도 이러 하면 된다.

따라가면 본의 아닌 내가 된다

❖

누가 욕을 하거나 화를 내면 우리는 자신도 모르게 기분이 상해 같이 덩달아 욕을 한다. 그런가 하면 칭찬을 하거나 치켜세우기라도 하면 으스대기도 한다. 이처럼 외부에 아주 민감한 반응을 나타내기 때문에 자신의 자리를 지키지 못하고 있다. 유행을 따라가는 것도 엄밀히 따지면 본의 아닌 내가 되는 것이다. 그렇기 때문에 하루에도 수십 번 좋았다가 수십 번 화가 치밀어 술 취한 원숭이 같은 행동을 한다.

반면 수도가 된 분들은 누가 뭐라고 해도 움직이지 않고 저 산처럼 침묵을 지킨다. 외부의 무상함을 절실히 알기 때문에 이런 모습은 수도자 입장에서는 당연한 것이다. 추운 겨울이면 추운 대로 좋고, 따스한 봄날에는 또 그런 대로 좋고, 아무리 무더운 여름날에도 그런 대로 좋다. 화창한 가을날도 그런 대로 좋다. 음식 맛에도 짠맛 매운맛 신맛 쓴맛 단

맛이 있어서 즐기듯, 계절 또한 이렇게 받아들이고 인생살이도 이렇게 받아들이면 된다.

어리석은 중생들은 겨울에는 춥다고 호들갑을 떨고, 푹푹 찌는 여름에는 죽는다고 야단들이다. 이러다가 심해지면 정신질환까지 간다. 정신병은 모든 것이 마음이 근원이다. 우리는 조금만 있으면 모두 다 역사 속으로 사라져버린다. 매미가 한여름 잠시 노래 부르면서 놀다가 가듯이 말이다.

그러니 조용히 외부에 꺼둘리지 말고 시선을 내면으로 돌려 고요 속에 평온함을 놓치지 말아야 한다. 그저 신문방송에 나오는 기사들을 보고 흥분해할 것 하나도 없다. 나도 외부에 꺼둘리면 저렇게 된다고 생각하면, 저분들을 욕할 것이 아닌 나의 스승이 되는 것이다.

외부에 꺼둘리지 않으면 모든 것들이 아름답게 보이고 그저 한때 지나가는 일이 되는 것이다. 나 자신이 얼마나 아름답게도 살 수 있고 불행하게도 사는 것은 내면의 평화를 찾나 못 찾나에 있다. 그 열쇠는 나 자신이 가지고 있다. 다른 누구를 원망할 필요도 없다. 사람 사는 것이 남에게 외부에 속는 것보다 내 생각에 내 욕심에 속는 것이 더 많다. 외부에 꺼둘리지 않는다면, 그리고 내 욕심에 꺼둘리지 않는다면 그것이 곧 행복이고 안정된 성인의 삶이다. 성인과 중생이 따로 있는 것이 아니다.

물과 환경과 사람

물은 빠르지도 느리지도 않는데, 계곡이 가파르면 빨리 흐르고 계곡이 가파르지 않고 느슨하면 천천히 흐른다. 물은 차지도 시원하지도 따뜻하지도 않는데, 눈이 내리는 겨울비는 차갑고 여름에 내리는 비는 시원하다. 차를 먹기 위해 물을 끓이면 뜨겁고, 끓인 찻물을 차에 부어 마시면 차가 되는 순간 따뜻하다. 또한 더럽지도 깨끗하지도 않는데, 썩어가는 시궁창에서는 더러워지고 달이 비치는 샘에서는 그저 아름답고 깨끗하기만 하다. 물은 모나지도 둥글지도 않는데, 네모난 그릇에서는 모가 나고 둥근 그릇에서는 둥글어진다. 물은 이렇게 위치에 따라 환경에 따라 변화무상하다.

이 세상도 자리가 사람을 만든다고 하고 환경이 사람을 만든다고도 한다. 사람은 설사 불량하더라도 그 사람을 선량한 사람으로 만들어 줄 수 있는 역할로 환경과 자리를 만들어 주는 사람처럼 위대한 사람은 없다. 때론 해도 해도 안 되는 사람도 있다. 그리고 이런 사람들을 선량한 사람들로 만들기까지의 속사정을 누구 못지않게 안다. 하지만 우리는 명심해야 한다. 모든 세상은 나만 행복하다고 다 되는 것이 아니다. 해도 해도 안 되는 사람도 그저 기다리고, 해보니 된 사람이 있다면 이것만큼 행복한 것이 어디에 있겠는가!

환경에 적응하는 것도 중요하지만, 환경을 만들어가는 것은 위대하다.

열심히 하다 보면 보입니다

10월 하순이 넘어가는 날씨라 그런지 약간 쌀쌀함이 느껴진다. 코로나가 여전히 남아 있는 상태에서 온갖 색깔 단풍과 함께 가을이 무르익어 간다. 이러다 쌀쌀함이 더 깃들면 겨울이 될 것이다. 사람도 세월의 흐름 앞에서는 어쩔 수 없이 변해간다. 그 변함 속에 늘 할 수 있는 것과 해야 할 것이 동반한다.

할 수 있는 것은 자신의 능력이지만, 해야 할 것은 본인의 의무일 수도 있고 아직 못 해본 일을 배우려는 용기도 된다. 나는 사람들에게 "열심히 하다 보면 보입니다."라는 말을 자주한다.

사람들 중에는 일을 하다 보면 어떤 분야든 일을 탁월하게 잘하시는 분도 계시고 보통인 분들도 계시고 더딘 분도 계시다. 간혹 더딘 분들 중에는 포기하려는 분이 계시는

데 그럴 필요가 없다. 더딘 대로 열심히 하다 보면 언젠가는 된다. 물론 되기까지의 수고로움과 인욕은 인정한다. 결국은 그 인내와 수고로움 속에서 해 냈다는 것이 중요하다. 잘하고 못 하고보다 얼마나 꾸준히 끈기 있게 하느냐가 중요하다. 절집에서 사람들 그릇과 능력에 따라 그 사람 근기가 '어떻다'라고 표현한다. 이 근기가 바로 끈기다.

사지 멀쩡한 것

요사이 눈이 아파서 내가 사는 군산 지역 안과병원을 찾아갔다. 사실은 29살 때 법주사 강원 시절 삭발하던 중에 눈이 간지럽고 뭔가 따끔거려서 눈을 비비게 되었다. 그러던 중 따끔거리는 것이 심해서 거울을 보았더니 삭발된 짧은 머리카락이 눈 속으로 들어가 검은 눈동자와 흰 눈동자 경계 사이에 박혀 있는 것이었다.

당시 안과에서 익상편이라고도 하고 군날개라고도 하는 병명을 받았다. 의사 선생님 말씀은 아직 젊어서 수술을 하면 재발 확률이 높다는 것이다. 수술을 당장 할 수 없었지만 외관상으로 너무 좋지 않았다. 그럭저럭 몇 년을 보내다가 수술하게 됐는데 수술했어도 매끄럽지는 않았다. 그래서 사람들 중에는 "스님 눈이 왜 그러셔요?" 하시는 분들이 많았다. 그럴 때마다 일일이 설명해 주었다.

이렇게 20년 가까이 세월을 보내던 중에 조금 더 심해져서 안과에 가보니 엎친 데 덮친 격으로 녹내장 증상이 있어 보인다고 의사 선생님께서 말씀하시는 것이다. 더 큰 병원으로 가보라고 하셔서 6일 뒤에 전북대 병원까지 가서 검사를 다시 받았는데 다행히 녹내장은 오진으로 나왔다. 하지만 익상편 수술은 6개월 정도 지켜보면서 결정하는 것으로 결론이 났다.

녹내장은 잘못하면 실명까지 간다. 처음 녹내장이 의심스럽다는 의사 선생님 말씀에 속으로 '부처님, 저는 아직도 할 일이 많은데요. 제가 잘못한 것 무조건 참회 드립니다.' 라고 속으로 생각했다. 그래도 녹내장이 오진이라니 너무 기뻤다.

태어날 때부터 장애인인 분도 있고, 살면서 사고로 장애를 겪기도 한다. 나도 그 당시 삭발하던 머리카락이 실명까지 가게 했더라면 어떠했으랴! 불행 중 다행이다. 중요한 것은 사지 멀쩡한 것만으로도 행복하게 생각해야 한다.

심혹(心惑)과 경혹(境惑)

때로는 마음속에서 불쑥불쑥 올라오는 화를 보라. 다 쓸데없는 것이다. 인생은 결국은 나하고 싸움이다. 수행자는 주변을 잘 다스려야 한다. 주변 환경에 끄달리면 수행자(修行者)가 아니다.

주변 환경에 끄달린다는 것을 보면 벌써 주변 환경에 마음을 빼앗긴 것이다. 이것이 주변 환경 외부에 속은 경혹(境惑)이다. 결국은 지금 현재 주어진 일을 그르치게 한다.

그리고 지나간 과거 속 분노와 아쉬움에도 끄달리지 말라. 그것은 현재 자리에 있어야 할 마음이 제자리가 아닌 과거 속 흥분에 있는 것이다. 술에 만취된 것과 다르지 않다. 이것이 지나간 과거에 속은 심혹(心惑)이다.

수행자가 아닌 사람들도 마찬가지다. 외부경계 경혹(境惑)과 마음속 미혹(迷惑), 즉 심혹(心惑)에 끄달리면 그만큼 현재 지금 해야 할 일에 지장을 준다. 집중력이라는 것이 다른 게 아니다. 외부와 마음속 경계에 끄달리지 않는 것이 집중력이다. 결국은 자기를 이긴 사람이 현재 지금에 있는 것이다.

행복은 오는 것이 아니라 만드는 것이다

어느 정도 단풍이 물든 11월 초순, 입동인 오늘 나무들이 앙상한 가지를 드러내면서 잎이 바닥에 떨어지고 있다. 계절 중에 유일하게 풍성함과 쓸쓸함이 같이 공존하는 계절이 가을이다. 풍성했던 과일과 익은 벼들을 수확했던 가을, 나무에 몇 잎 남지 않은 단풍의 모습이 마치 두 장 남은 달력의 이미지와 비슷하다.

이런 아쉬움을 남기는 요즘 내 주변에 있는 관음사 도천 스님 초대로 관음사에 계시는 스님들과 신도 분들과 공양을 같이했다. 그러던 중 관음사 대중 중에 설봉 스님이 "행복이란 오는 것이 아니라 만드는 것이다."라고 말씀하신다. 공양 시간이 매우 즐거우셨나 보다. 지당하신 말씀이다. 생각을 어떻게 가지느냐에 따라 행복도 결정된다.

우리는 하루일과 중 생각하면서 웃기도 하고 때로는 울

기도 하고 짜증도 낸다. 또한 생각을 하지 않은 현실도 이러한 즐거운 일과 짜증나는 일들을 일으킨다. 세상살이가 희로애락(喜怒哀樂)이 번갈아 일어난다. 그리고 반복된다. 중요한 것은 희로애락도 본인의 인과다. 누굴 탓할 것도 없다.

슬픈 일을 계속 지녀봤자 슬프기만 할 것이고, 화내는 일 계속 지녀봤자 화만 날 것이고, 기쁜 일과 즐거운 일은 지니면 기쁘고 즐겁지만 이것 또한 오래 지속되지는 않는다. 지혜로운 사람은 이왕이면 좋은 추억만을 지닐 것이다. 이렇게 하다 보면 행복은 오는 것이 아니라 만드는 것이 된다.

부끄러움을 인정하고 수정하는 삶

조선을 신하로 여긴 청나라의 건륭 황제는 송시열이 쓴 모든 글을 보고, 공자나 맹자나 노자나 주자와 같이 성에다가 스승 자(子)를 붙여 송자(宋子)라고 존칭하여도 한 점 부끄럼이 없는 이라고 했다. 건륭 황제의 이 말씀으로 송시열이 쓴 글은 지금도《송자대전(宋子大典)》이라고 불리고 있다.

이렇게 존경을 받은 송시열이 자신의 호를 우암(尤庵)이라고 지은 것은, 스승은 자기가 아는 것을 제자에게 가르치는 것보다도 먼저 자기의 부끄럼을 제자에게 가르쳐 제자가 어느 누구에게도 부끄러운 행동을 하지 않게 해야 한다는 생각에서였다. 그래서 자기 호(號)를 부끄러울 우(尤)자를 택하여 우암(尤庵)이라고 지었다고 한다.

평소에 어머니께서 하신 말씀이 생각난다. "스님! 어른의

최고의 값어치는 어린아이나 청년이나 중장년이나 노인이나 차별 없이 사람들에게 친구가 되는 것입니다."라고 말씀하셨다. 우리 주변에 보면 어른이라고 훈계만 하면서 본인의 부끄러움을 인정(印正)하지 못하고 수정(修正)하지 못하는 분들이 얼마나 많은가!

이런 사람이 많았으면 좋겠다

❖

가을 오솔길을 같이 걷고 싶은 사람. 걷다가 헤어져도 보이지 않을 때까지 바라보고 싶은 사람. 아직 발자국이 없는 첫눈을 맞이할 때 “지금 눈이 오네요.” 하고 전화하고 싶은 사람.

복숭아꽃은

연지를 찍지 않아도 붉고

섭섭한 마음 버리기

안다고 해도 굳이 말할 필요 없는 것은 말하지 말고, 아는 소리 했다고 해도 남이 알아주지 않는다고 섭섭해 하지 말라. 사람을 비롯한 모든 만물은 남을 알아주려고 세상에 태어난 것이 아니라 자신이 살려고 태어난 것이다.

남의 험담도 하지 말라. 험담을 하는 순간 본인 마음이 험담으로 더럽혀질 수 있다. 남이 나를 험담하더라도 굳이 본인이 참고할 사항이 아니면 그냥 흘려보내라. 마음에 지니면 괴로움의 씨앗이 된다. 본래 마음은 깨끗함도 더러움도 없는 것이다. 이것이 반야심경의 불구부정(不垢不淨)이다.

가진 것을 잃어버렸어도 본래 있던 것이 아니니 섭섭해 할 필요도 없다. 없던 것이 생겨도 잠시 나에게 온 것뿐이다. 이것이 반야심경의 부증불감(不增不減)이다.

또한 생긴 양이 많든 적든 만족이 없으면 욕심이 많은 본인을 탓해야지 많고 적음을 탓하면 안 된다. 오직 마음이라는 것이 인연따라 생기는 것이지, 본마음은 생기고 멸하고가 없다. 이것이 반야심경의 불생불멸(不生不滅)이다.

나이 들어가면서 하루하루 산다는 것이 얼마나 소중한지를 알아야 한다. 나이 들기 전에 아는 사람은 말할 필요도 없다. 지혜로운 사람은 아는 것을 자랑하지 않으며 아직 모르는 것은 배우려 한다. 아는 것을 자랑하면 거만만 생기지만 모르는 것을 배우려는 사람은 지혜가 나날이 증장되며 겸손이 몸에 밴다.

곡식인 벼도 봄에 씨를 뿌려 여름에 성장하고 가을의 곡식이 되어 설익지 않아야 제대로 된 밥맛이 나온다. 제대로 익은 벼도 고개를 숙이듯 가을 황금들판 벼들의 모습이 사람들에게 됨됨이를 보여주는 것과 같다.

명상(冥想)과 선(禪)

인생살이가 쉽지 않다는 것은 누구나 살면서 느끼는 바다. 인생이라는 뜻을 한자로 풀어 보면 사람이라는 뜻의 인(人)과 산다는 뜻인 생(生)이 있는데, '生' 자를 파자(破字)해 보면 '牛+ 一'이 된다. 즉 소가 외나무다리를 걷는다는 뜻이 내포되어 있다. 즉 사람 사는 것이 소가 외나무다리를 건너는 것과 같다는 뜻이다. 동물 중에 일을 많이 하는 동물이 바로 소다. 그만큼 고달프다. 일을 우리는 업(業)이라고도 표현한다.

이 업의 고달픔의 원인이자 해결을 할 수 있는 것 중에 생각이 있다. 이러한 생각을 업의 고달픔에서 해결하는 것이 명상(冥想)과 선(禪)이다. 명상과 선을 가르치는 사람마다 이 둘을 같은 뜻으로 이야기하는 분도 있고 약간의 차이를 두시는 분도 있는데, 누가 옳다 그르다를 따지고 싶지는 않다. 넓게 보면, 마음을 평온하게 한다는 데는 뜻이 같지만 조금 세밀하게 보면 차이는 있다.

명상은 그윽하게 생각하여 마음의 평화를 찾는 것이고, 선은 생각을 일으키는 본래의 나를 찾아 고(苦)니 낙(樂)이니 이것마저도 초월하는 것이다. 조금 선이 깊이 사유(思惟)해 들어가는 것이다. 자세한 것은 따로 설명할 것이다.

먼저 살아가는 근본적 실체와 구조를 생각해 명상과 선의 근본을 알아보고자 한다. 사람을 비롯한 모든 생명체는 마음, 생각, 몸(행동)이 있다.

마음은 체(体) 법신(法身) (성부(聖父) 성경에 입각해서) 성격(性格)

생각은 상(相) 보신(報身) (성자(聖子) 위 상동) 성품(性品)

몸(행동) 용(用) 화신(化身) (성신(聖身) 위 상동) 성질(性質)

위에서 성부, 성자, 성신을 넣게 된 동기는 그리스 시대 밀린다 왕 시절에 밀린다 왕이 인도 스님에게 불법(佛法)을 배운다. 이러한 가르침을 국민들에게 알리는데 그 당시 로마 왕 알렉산더의 스승인 아리스토텔레스도 이러한 사실을 듣게 되어 알렉산더 왕에게 가르침을 준다. 가톨릭 신자였던 알렉산더 대왕은 교황에게 찾아가 예수는 하늘나라에 계시는 신의 아들이었는데 활동을 하늘에서 한 것이 아니고 엄연히 땅에서 했으니 성경을 잘 만들어보라고 명한다.

그러자 교황은 당시 신부이자 수사로 활동하면서 학문을 잘하는 토마스 아퀴니스에게 이러한 불경의 가르침이 있다는데 참조해 성경을 만들어 보라고 한다. 이렇게 탄생된 책이 《신학대전》이다. 이 《신학대전》 내용 중에 마음은 성부(聖父)요, 생각은 마음으로부터 나온 자식 같은 성자(聖子)요, 행동을 하는 몸은 성신(聖身)이 된 것이다.

사람들은 성격 성품 성질을 표현한다. 성리학에서 격물치지(格物致知)라는 말이 있다. 사물의 근본까지 도달하여 이치를 아는 것을 말한다. 여기서 격(格) 또한 근본 바탕을 이야기 하므로 마음의 체(体)가 된다. 근본바탕 성격(性格)의 모습과 모양을 나타낸 것이 성품(性品)이다. 성격의 작용(행동)을 나타낸 것이 성질(性質)이다. 예를 들면 성질부린다는 말은 있어도 성격부린다, 성품부린다라는 말은 없다.

사람에게는 신(身), 구(口), 의(意) 3업(三業)이 있다. 신(身)은 몸으로 짓는 업이고, 구(口)는 입으로 짓는 업이며, 의(意)는 생각으로 짓는 업이다. 우리가 윤회(輪回)하게 하는 업의 시초와 세상사 고(苦)의 시초는 당연히 의업(意業)이다. 의업은 생각에서 비롯된다. 생각이란 마음의 상태(狀態)를 말한다. 마음은 어떠한 모양이나 형태(形態)는 없으나 반응에 따라 상태를 나타낸다. 마치 파도 모양은 제 각각이나 파도가 물을 벗어난 적이 없는 것과 같다. 기신론(起信論)에서 언급된 심생즉 범생 심멸즉 범멸(心生卽 法生 心滅卽 法滅)에서 심생은 생각이요, 심멸은 생각이 없어진 것을 말한다.

우리가 쓰는 한자 중에 생각 념(念) 자와 생각 상(想)과 생각 사(思) 자가 있다. 생각 념(念)은 지금 생각하는 것이 주가 되고, 생각 상(想)은 지금 생각하되 과거 경험적인 것의 시점, 즉 회상(回想)적인 것에 많이 쓰이고, 생각 사(思)는 과거의 경험을 토대로 미래적인 생각을 할 때, 즉 상상(想像)적인 용도에 주로 쓰인다.

그렇지만 념(念)은 당연히 지금 이 자리에서 생각하는 것이고, 상(想) 또한 과거를 회상하든 지금 이 자리에서 생각하는 것이다. 사(思)도 상상을 하더라도 지금 이 자리에서 생각하는 것이다. 결국 과거 생각이나 현재 생각이나 미래 생각이나 지금 이 자리를 벗어난 적이 없으니 생각이라는 것이 무시무종(無始無終)이요 무래무거무주(無來無去無住)다. 즉 시작도 없고 끝도 없으며 오고 가고 머무름도 없다. 변화무상함을 알게 하니 생각에 끄달려 애착하지 말라는 뜻이 내포되어 있다. 이러한 것 또한 명상과 참선이 가르쳐 준다.

그러면 생각을 분석해 보기로 하자. 생각은 생각하는 자(능념, 能念)와 생각이 되는 대상(소념, 所念)이 합쳐 진 것이다. 능념(能念)은 인식론(認識論)적이고 소념(所念)은 존재론적인 것이다. 인식은 인식하지 아니하면 없는 것이고, 존재하는 것 또한 언젠가는 없어지는 무상한 것이다.

우리는 이미 지나간 일에 집착하고 아직 오지 않은 일에 매여 불안을 만든다. 이것 또한 명상과 선으로 해결해야 한다.

부처님께서 말씀하신 4고는 생로병사(生老病死)다. 그 외에 다른 4고가 있는데 원증애고(怨憎會苦), 애별리고(愛別離苦), 구부득고(求不得苦), 오온성고(五蘊成苦)다. 이것을 합해서 8고(苦)라고 한다. 해석해 보면 미워하는 사람을 만나서 괴롭고, 사랑하는 사람과 헤어져서 괴롭고, 구하는 것을 얻지 못해서 괴롭고, 병들고 늙고 죽어야 하는 몸뚱이 때문에 괴롭다. 이러한 괴로움을 명상과 참선으로 이기자.

나는 할 수 있어

❖

식물인간 선고를 받은 사람이 있었다. 어느 날 발끝은 조금 움직일 수 있어서 발끝치기를 해본다. 발의 왼쪽 엄지발가락과 오른쪽 발가락을 서로 부딪치는 것을 발끝치기라고 한다. 어느 정도 하니 무릎까지 신경이 살아나고, 그러다가 허리까지 신경이 살아나 결국은 걷기까지 한다. 몇 년에 걸쳐서 기사회생(起死回生)한다.

이렇듯 모든 것이 의지에 달려 있다. 이것 또한 부처님께서 말씀하신 일체유심조(一切唯心造)다. 운동을 배우든 무용을 배우든 연기를 배우든 모든 일이 모든 일이 익숙해지기까지는 만 번 이상 하면 자연스럽게 된다고 한다.

누구나 살면서 어려움은 있다. 장애물이 없는 길은 없다. 인간관계에서 오는 장애, 서로 소통이 되지 못해 일을 순조롭지 못하게 하는 장애, 이러한 모든 장애를 다 극복(克服)

못하는 것은 아니다. 오직 의지에 달려 있다.

못한다고 하는 사람만큼 핑계가 많은 사람이 없다. 핑계를 대기 전에 변명은커녕 얼마나 해봤나를 생각해 보자! 해보다 해보다 안 돼도, 해본 만큼은 성취(成就)의 길에 가까이는 간 것이다.

늦었다고 생각할 때가 가장 빠른 시간이다. 늦었다는 생각은 생각일 뿐이다. 우리는 생각에 무수히 많이 속고 있다. 해보지 않은 생각 또한 망상이라는 생각을 우리는 잊고 산다. 의지가 약한 사람은 부정적인 생각에 더 많이 속는다. 그러니 부정적 생각에 속지 말라! 오직 좋은 생각을 의지로 실천하라!

말만 씨가 되는 것이 아니다. 말 이전의 생각이 근본적인 마음의 씨다. 우리의 마음은 무한대의 밭과 같아서 무엇이든 얼마든지 심을 수 있다. 그러니 좋은 생각을 심어 가꾸어 나가라! 이러다 자신감이 생기면 '나는 할 수 있어!' 하는 생각이 심어진다.

시공에 대하여

인간이 공간이라고 부르는 이 세상의 어느 곳도 동서남북이 정해져 있는 것이 아니고, 인간이 시간이라고 부르는 이 세상의 어느 때도 과거와 현재와 미래가 정해져 있는 것이 아니다. 공간은 안도 밖도 없기 때문이고 시간은 처음도 끝도 없기 때문이고 여기에다 공간도 시간도 가운데가 없기 때문이다.

오직 인식이 정한 것뿐이다. 이러한 인식을 초월할 때 시공을 초월한다고 한다.

사람 따라 환경 따라

불교의 사도 부르나는 부처님의 말씀을 전하다가 이교도에게 죽임을 당했고, 예수교의 사도 바울은 예수님의 말씀을 전하다가 이교도에게 죽임을 당했다. 두 성인 부처님이나 예수님 말씀이 자비와 사랑으로 지극히 옳은 말씀이지만 이를 받아들이지 못하는 이교도 입장에서는 사랑과 자비로 들리지 않았기 때문이다.

서로 소통이 안 되는 사이는 누구의 말씀이나 옳고 그른 시비를 낳고, 시비는 다툼을 낳고, 다툼은 살거나 죽는 생사를 낳는다. 그래서 사람이란 전도와 포교도 사람에 따라 해야 하고 환경에 따라 해야 하듯이, 집안과 사회생활에서도 가르침도 사람에 따라 해야 하고 환경에 따라 해야 한다.

물방울 관세음보살

이 세상의 종교화(宗敎畵) 가운데 가장 아름다운 상징화는 일본의 잔초사에 있는 물방울 관세음보살상이라고 말씀하는 분들이 계시다. 이 물방울 관세음보살상은 서기 1260년경에 고려의 혜허 스님이 풀잎 끝에서 떨어지는 물방울 속에다가 관세음보살님을 그려 넣은 그림이다.

이는 한 방울의 물방울이 이 세상의 모든 생명의 뿌리인 사랑임을 나타내기 위해서고, 더 나아가 한 방울의 물방울이 풀잎 끝에서 떨어져야 온 바다에 파도가 출렁인다는 것을 나타내기 위해서였다고 한다.

가끔 매스컴에서 인용하는 불경(佛經) 언구(言句) 중에 일파만파(一波萬波)라는 말이 있다. 한 파도의 움직임이 모든 파도를 움직인다는 불경 언구의 일파자동만파수(一派纔動萬波隨)에서 비롯된 것이다. 보통 네이버 문구에서는 일파자동만파수(一派自動萬派隨)로 표시하는데 원본(原本)은 자(自)가 아니고 겨우 재(纔)를 발음만 '자'로 하지 재(纔)로 쓴다. 그래서 원본 해석을 상세히 해보면 '일파가 겨우 움직인 것이 모든 파도를 움직인다.'라고 말할 수 있다.

나는 물방울 관세음보살을 상상해 보면서 겨자씨 속에 우주가 있다고 하듯이, 우주라는 것이 보려고 해도 볼 수 없는 작은 것에서 보아도 보이지 않는 크기까지의 모든 활동이 우주의 섭리임을 느낀다.

낚시와 어부

겨울비가 가을비처럼 추적추적 바람을 날리며 내리는 날씨다. 불주사 주지로 있을 때 한 달에 3만 원씩 기도비를 주고 가시는 거사님이 계셨다. 직업은 어부였다. 어느 날 기도비 3만 원을 주면서 "스님, 부처님께 감사드리고 스님께 감사드립니다. 어제 고기잡이배를 타고 바다에서 고기 잡은 그물을 기계로 동료와 감아올리는 중 사고가 났는데 동료는 기계에 손이 들어가 손을 다쳤는데 저는 운 좋게 사고를 당하지 않았습니다."라고 한다. 물론 기도비 3만 원씩 절에다 시주해서 그런 사고를 면했는지는 몰라도, 사고 난 분이야 어쩔 수 없었지만 그래도 거사님은 무사하다니 정말 감사하고 고마웠다. 이렇게 풍랑이 일고 비가 오는 날이면 가끔 그 어부 거사님과 함께 어부들의 고생하는 모습이 떠오른다.

근래 통도사에서 있었던 일이다. 통도사 극락암에 경봉 스님이라는 도인이 계셨는데 어느 날 젊은 처자가 경봉 스님을 친견하러 왔다. 그 처자는 경봉 스님을 뵙자 이렇게 말했다. "스님, 제가 결혼한 지 수년이 되었는데 지금도 아이를 갖지 못하고 있습니다." 그러자 경봉 스님이 "처자 아버지 보고 낚시 좀 그만하라고 하세요."라고 말씀하셨다. 그 뒤로 처자 아버님이 낚시를 그만두었는데 임신을 하고 무사히 출산하여 자식을 얻은 것이다. 나의 속가 부친도 낚시를 즐기던 분이신데 새벽마다 어머니께서 금강경을 읽으셨다. 어느 날 아버님께서 "여보, 낚시가 잘 안 돼." 하시더니 낚시를 그만두셨다.

사람들은 이러한 현상을 보고 그러면 어부들은 낚시꾼들보다 업이 더 무겁지 않을까 생각할 수도 있다. 어쩌다 낚시하는 낚시꾼들보다 수시로 잡는 어부들이라 이렇게 생각할 수도 있지만 그렇지 않다. 오히려 낚시하시는 분들이 업이 더 무겁다. 왜냐면 어부들은 생계를 위해서 하는 것이지만 낚시하는 사람들은 재미로 생명을 죽이면서 먹고 즐기는 것이니 업이 더 지중하다. 그러니 취미로 즐기는 것 중에 사냥과 낚시는 즐겨서는 안 된다.

바꾸지 않는 즐거움

며칠 전 허름한 요사채와 화장실도 재래식 화장실을 쓰면서 사시는 공주 마곡사 토굴암에 홀로 사시는 성민 스님께 다녀왔다. 말 그대로 토굴 크기도 아담한 암자다. 주변은 적송을 비롯한 숲으로 둘러진 숲속의 오두막집 같다. 그래도 법당은 갖추어져 있다. 나도 한참 선방(禪房) 다닐 때 산철(참선을 쉬어도 되는 철)에 홀로 정진하던 터이다.

오후 저녁 무렵 도착했는데 어둠은 짙어지고 달빛에 비추어진 숲의 모습이 마당에 잡초마저 그저 아름다운 배경이었다. 스님과 차를 마시며 도담(道談)을 나누는 시간은 도는 이루지 못했어도 신선(神仙)도 부럽지 않았다.

내가 존경하는 함인구 선생님이 쓰신 글이 생각났다.

"노예가 배가 아파 변소에 가서 똥을 싸는 즐거움이라도 온 천하를 다스리는 임금의 즐거움과도 바꾸지 않는 즐거움이고, 가난한 사람이 목이 말라 우물에 가서 물을 마시는 즐거움이라도 온 천하를 사고 남는 재벌의 즐거움과도 바꾸지 않는 즐거움이고, 아무도 불러주지 않는 이름이라도 자기가 부르고 자기가 대답하는 즐거움이면 온 천하인을 움직이는 명예인의 즐거움과도 바꾸지 않는 즐거움이다."

구속, 자유, 관념

달아오르는 감정보다 그 감정을 식힐 줄 아는 지혜가 필요하다. 달아오르는 감정에 쫓기다 보면 감정의 노예가 되지만, 쫓기는 감정을 식히다 보면 감정을 이끄는 주인공이 된다. 감정을 이끄는 것은 본래의 청정하고 상처가 없는 본자리로 오는 것이다.

연못에 있는 물은 고인 적도 없고 갇힌 적도 없다. 물 자체가 어디에 고일 필요도 없고 갇힐 필요도 없기 때문이다. 산에 부는 바람은 풀린 적도 없다. 바람 자체가 풀린 적도 없고 묶인 적도 없기 때문이다. 하지만 사람들은 쓸모없는 감정에 묶이고 갇힌다. 감정에 묶이는 순간 스스로가 감정에 구속된다. 그러다 감정이 식으면 스스로 속 편하다고 하면서 자유롭다고 한다. 이것 또한 관념일 뿐이다.

모두가 부처님 같은 소중한 존재

오늘은 동안거 결제다. 부처님 당시는 인도라는 나라의 계절과 풍습에 따라 우기(雨期) 건기(乾期)로 나누었다. 우기는 비가 주로 오는 계절이고 건기는 비가 거의 오지 않는 건조한 계절이다. 우기 때는 부처님을 모시고 수행자(修行者)들이 정진을 하는데, 이것을 안거라고 한다.

한국은 계절이 우기 건기가 아닌 봄 여름 가을 겨울 4계절이 있다. 이 계절 중 여름철과 겨울철에 정진을 하는데, 여름에 정진하는 것을 하안거(夏安居) 겨울에 정진하는 것을 동안거(冬安居)라고 한다. 봄 가을은 산철이라 하여 안거에서 벗어나 좀 쉬는 철이지만 스님들 중에는 산철에도 정진을 하시는 분들이 있다.

우리 은적사에서는 동안거 때마다 기도를 올린다. 올해는 주로 내가 기도를 한다. 스님들은 생사해탈(生死解脫)

을 위해서 정진하는 안거를 하고, 불자님들은 가정과 세계의 안정을 위한 기도에 동참하신다. 또한 가정에서나 어디서든 기도하시면 된다.

부처님 가르침은 나만 잘 살면 되는 것이라는 말씀은 없다. 더불어 같이 잘살라고 하셨다. 여기서 '같이'라는 말은 사람만 국한(局限)한 것이 아닌 모든 만물을 다 포함한 말이다. 법화경(法華經) 말씀에 일체중생필유불성(一切衆生必有佛性)말이 있다. '사람을 비롯한 모든 만물은 필히 부처님 성품을 가지고 있다'라는 뜻이다. 즉 모두가 부처님 같은 소중한 존재다. 세상을 살아감에 나만 잘 살면 된다는 생각을 버려야 한다. 나만 잘 사는 것이 근시안적(近視眼的)으로는 좋은 것 같지만 원시안적(遠視眼的)으로는 그렇지 않다는 것을 누구나 살면서 느꼈을 것이다.

우리는 하루를 살면서 이놈의 마음이 감정 따라 이리 헤매고 저리 헤매고 한다. 이리 헤매고 저리 헤매는 마음을 잡는 것이 참된 정진이고 기도다. 나중에는 헤매는 마음마저 없어져야 하는 경지가 되어야 한다. 마음이 이리 헤매고 저리 헤맬 때 '이 뭣고' 하며 화두를 잡든가, 큰 호흡을 들이마시고 내뱉으면서 호흡에 집중하여 헤매는 마음을 잡아보라. 그러면 지금 나를 여기에 있게 한다.

이리 헤매고 저리 헤매는 나는 감정에 끄달리는 내가 아닌 내가 되어 좋은 추억은 즐거움을 주지만, 그렇지 않은 것은 감정으로부터 상처 받는 내가 된다. 다 부질없는 일이다. 경지가 깊어지면 '아이고, 내가 살면서 사소한 일에 목숨을 너무 많이 걸었구나!' 하는 생각이 절로 난다. 지금까지 살아온 인생 산전수전(山戰水戰) 다 겪었지만 앞으로 남은 인생은 사소한 일로 산전수전 만들지 말아야 한다.

고목(古木)

방문 사이로 약간의 추위와 햇빛이 들어오는 겨울날 오후(午後)다. 오늘이 지나면 한 장의 달력만 남는 11월 마지막 날이다.

은적사에는 수령이 오래된 고목이 세 그루 있다. 팽나무와 느티나무, 그리고 이름을 알 수 없는 통이 텅 빈 고목이다. 이 고목들을 보면 사람이 살다가 나이 들어 노인이 된 모습이 생각난다. 단지 식물과 동물의 차이일 뿐, 살면서 세월이 지나 노인이 되는 모습이나 성장해 고목이 되는 모습은 다르지 않다.

고목을 보면, 평균적으로 백 년을 못 사는 인간보다 수령이 몇 백 년이 지났어도 고고함의 자태를 보이는 모습이 추해진 노인보다 훌륭하다. 때로는 모진풍파(冒進風波) 속에서 썩고 속이 텅 빈 모습은, 사람으로 말하면 늙은이의 검

버섯과 호탕하게 비워진 어르신의 모습과도 같다. 이 고목이 모진풍파에서 고목이 되기까지 얼마나 힘이 들었을까!

그래도 봄이 되면 새싹을 피우고 여름에는 잎도 풍성해지고 가을이 되면 단풍을 맺는 것이, 고목이 되기 전 젊은 나무보다는 못하지만 그런대로 고목만의 가치를 선사한다. 겨울이 오면 초라한 모습이 어린나무보다 심하지만, 눈이 잎사귀 대신 고목의 몸을 입혀 주면 고목의 가치는 겨울에도 빛이 난다. 고목이 살아온 모습만 보아도 우리는 인생의 버팀목을 얻을 수 있다.

살림살이가 그런 것을

❖

슬픔도 기쁨도 인간의 살림살이고, 미움도 사랑도 인간의 살림살이고, 어리석음도 지혜로움도 인간의 살림살이고, 죽음도 생도 인간의 살림살이다. 이것을 이름하여 상대성 원리가 되는 것이다.

슬픔이라는 것은 기쁨이 있기에 있는 것이요, 미움도 사랑이 있기에 있는 것이요, 어리석음도 지혜가 있기에 있는 것이요, 죽음도 생이 있기에 있는 것이다. 또한 문제점이 해결점이다. 이것이, '이것이 있기에 저것이 있다'라는 연기법(緣起法)이다.

그러니 삶이 힘든 것은 누가 힘들게 한 것이 아니고 반면에 삶이 즐겁다고 하는 것도 누가 즐겁게 한 것이 아니다. 오직 태어나 숨 쉬고 있는 내가 만드는 것이다. 이제는 이러한 상대성을 떠난 자리로 가야 한다. 그것이 뭐냐고 묻는다면 슬프면 울 줄 아는 마음이 있고, 기쁘면 웃을 줄 아는 마음이 있고, 미우면 미워하는 마음이 있고, 사랑하면 사랑하는 마음이 있고, 어리석으면 어리석음을 아는 마음이 있고, 지혜로우면 지혜로운 마음이 있고, 죽음 앞에서 운명을 맞이하는 마음이 있고, 태어나면 태어난다는 마음이 있다.

알고 보면 이러한 모든 마음이 한마음에서 나온다는 것을 안다면 슬픔과 기쁨에도 매일 필요도 없고, 미움과 사랑에도 매일 필요도 없고, 어리석음과 지혜로움에 매일 필요도 없고, 생과 사에 매일 필요도 없다.

아직까지는 나도 안 되지만 우리 모두는 언젠가는 알고 가야만 하는 길이다. 그래서 도인(道人)은 마음을 마음대로 할 수 있는 사람이다.

문명(文明) 혜택(惠澤) 독(毒) 치유(治癒)

예전 같으면 함박눈이 내리면서 소복이 쌓여야 하는 12월이다. 아직은 12월이 지나지 않은 초순이라 약간 춥지만 겨울이라고 하기엔 무색할 정도다. 이러한 현상은 사람들이 문명의 혜택을 과도하게 받으면서 그 과도함이 오히려 독(毒)이 되어 자연의 사계절부터 환경오염까지 후유증을 만들어 내고 있기 때문이다.

현재 무서운 바이러스가 기세를 부리고 있다. 언젠가는 없어지겠지, 했던 코로나에 감염된 사람이 한국은 하루에 600명대를 이어가고 세계적으로는 수백 수천만까지 가고 있다. 문명의 발달로 인한 혜택만 즐기던 인간의 무지함이 벌을 받는 인과응보의 결과물로 다시 온 것이다. 사람들은 불편했던 것이 편리해지면, 나 자신부터도 다시 불편하게 살기가 힘들어진다. 알고 보면 조금 불편하더라도 만족하면서 사는 것이, 문명(文明)으로 인한 편리가 너무 지나쳐 파괴(破壞)와 파멸(破滅)을 만들어 나가는 것보다 낫다. 또한 불편도 마음에서 일으킨 것이지 익숙해지면 문제가 되지 않는다.

결국 지나친 문명혜택은 독(毒)이 되는 것이다. 앞으로는 문명혜택(文明惠澤)이 주는 편리라는 명분(名分) 하에 파괴와 파멸이 된 문명을, 치유로 만드는 문명으로 탈바꿈할 수 있게 해야 한다.

불치하문(不恥下問)

빈 수레가 요란하다. 사람도 시끄럽기만 하지 별 볼 일 없는 사람도 많다. 반면에 가득 찬 수레는 요란하지 않다. 평소 말이 없어도 가끔 나오는 말이 무게 있는 사람이 있다. 이런 분들은 이미지가 점잖고 믿음이 가는 사람으로 기억된다.

시끄러움이 많은 사람들의 특징은 잘 모르면서 목소리가 크거나 우겨댄다. 모르면 물어볼 줄 알아야 한다. 묻는다는 것은 자기가 모르는 것을 알려고 하는 것이다. 물어볼 상대를 본인의 기준치로 정하여 묻고 안 묻고를 생각하는 것 자체가 문제다. 모자란다고 생각하는 사람은 나이가 어린 사람이 가르쳐 주는 것도 겸허히 받아들여야 한다.

때로 어리석은 사람들은 본인의 잘못된 점을 어린 사람이 알려주면 "네가 나를 가르치냐?" 하며 윽박지른다. 배움은 어리고 어른이고가 없다. 모르면 배우는 것이다.

"모르는 것이 어리석은 것이 아니라 모르는데도 알려고 하지 않는 것이 문제다."

그런데 그것도 모자라 알지도 못하면서 우겨대는 것은 더 말할 것도 없이 어리석은 일이다.

중국 춘추시대(春秋時代) 위나라에 공어(孔圉)라는 분이 계셨는데 덕망(德望)이 높으셨다고 한다. 어느 날 공자(孔子)님 제자가 공어에 대해서 스승께 여쭤보았다. 공자님 가라사대, "공어는 민이 호학 불치하문 시이위지문야(敏而 好學 不恥下問 是以謂之文也)"라. 그 뜻은 총명하고 배우기를 좋아하고 아랫사람에게 묻는 것을 부끄러워하지 않았다는 말이다. 이러 해서 문(文)이라 일렀다. 여기서 문(文)은 임금이 하사한 호(號)를 말한다. 또한 '아랫사람에게 묻는 것을 부끄러워하지 않았다'라는 뜻이 위의 이야기를 근거로 《논어(論語)》의 〈공야장(公冶長)〉 편에 불치하문(不恥下問)으로 나온 것이다.

지혜(智慧)로운 사람은 물을 줄 안다.

"지혜라는 것은 모든 것을 아는 것이 아니라 내가 무엇을 알고 무엇을 모르느냐를 아는 것이다."

사람에 대하여

우리가 살면서 사람 같지 않은 사람을 욕할 때 '싸가지 없는 놈'이라고 한다. 이 어원은 사가지에서 비롯된 것이다. 여기서 사가지란 유가(儒家)에서 말하는 인의예지(仁義禮智)를 말한다.

인(仁)은 측은지심(惻隱之心), 즉 어려운 사람을 불쌍히 여기는 것을 말한다. 의(義)는 수오지심(羞惡之心), 즉 잘못된 것을 바로 잡는 것을 이야기한다. 예(禮)는 사양지심(辭讓之心), 즉 겸손함을 이야기한다. 지(智)는 시비지심(是非之心), 즉 옳고 그름을 판단하는 것이다.

위의 네 가지를 유가의 사단(四端)이라 하는데, 사람의 유래가 한글 표음과 한자 표의자가 합성하여 위의 사단과 동서남북(東西南北)과 하늘의 이치 원형이정(元亨利貞) 등의 네 가지 덕목이 되는 것들을 두루 헤아릴 줄 안다는 뜻으로, 사람을 한문으로 표기하면 四(넉 사) 覽(볼 람)을 써서 사람(四覽)이다.

우리가 쓰는 죄라는 죄 자(字)도 罒(그물 망)에다 非(그를 비)를 합쳐서 죄(罪)로 쓰는데, 이 罒(그물망) 어원이 四(넉 사)다. 여기서 어원이 되는 사(四)가 의미하는 것 역시 인의예지를 비롯한 사(四)덕을 의미한다. 인의예지 사단을 비롯한 사(四)덕에 어긋나면 죄가 된다는 뜻이다. 벌(罰) 자도 인의예지등 사(四)덕에 어긋났으니 망(罒)의 어원인 넉 사(四)에다 말씀 언(言)과 칼 도(刂)를 합하여 따끔하게 혼낸다는 뜻이다.

사람 몸 받았을 때 사람답게 살아야 한다.

오욕락(五欲樂)과 마음

꽃은 잡초 속에 섞여 있어도 드러나고, 보석은 흙과 돌 속에 있어도 드러나고, 참된 사람은 어리석고 모진 사람들 속에 있어도 드러난다.

사람들을 어리석고 모질게 만드는 것은 재물욕(財物慾), 색욕(色慾), 식욕(食慾), 명예욕(名譽慾), 수면욕(睡眠欲)이다. 이것을 부처님께서 오욕락(五欲樂)이라 하셨다. 이 오욕락이라고 하는 것이 삶에 없어서는 안 되는 존재(存在)지만 지나치면 오욕독(五慾毒)이 되는 것이다. 마치 보약을 너무 과다하게 복용하면 오히려 독이 되듯이 말이다.

젊었을 때는 돈 버는 재미로 살아야 되지만, 어느 정도 나이가 들어 돈이 모이면 돈 쓰는 재미도 가져야 된다. 돈을 벌 때는 성실히 써야 하고 쓸 때는 즐겁고 보람있게 써야 한다.

그러면서 이 재산이라는 것이 금생(今生)에 잠시 왔다 가는 것이라고 생각해야 한다. 그래야 느닷없이 생각지도 않게 돈이 나갈 때 마음이 편안하다. 이러지 못하고 욕심에 가려져 돈을 비롯한 재산을 모으기만 하고, 인색하여 집착만 하면 재물욕(財物慾)이 된다.

색욕(色慾)은 성욕(性慾)과 같은 것이다. 젊었을 때야 성욕이 왕성하지만 나이가 들수록 떨어지는 것은 인지상정(人之常情)이다. 20대 전후야 누구나 세수(洗手)를 안 해도 예쁜 나이이다. 그러니 성욕도 왕성할 수밖에 없다. 30대부터 나이 들어갈수록 성욕이 떨어지는 것은 단지 몸뚱이 노화로 떨어지는 것이지, 마음의 성욕을 놓지 못하면 성욕은 떨어지지 않는다. 지나친 성욕은 몸과 정신을 망쳐 추해지기 쉽다는 것을 알아야 한다.

부처님께서 일반인들은 불사음(不邪婬)하라고 하셨다. 본 부인이 아닌 이상, 본 남편이 아닌 이상 다른 사람과 사랑놀이를 하지 말라고 하셨다. 수행자들에게는 불음(不淫)하라고 하셨다. 사랑놀이 자체를 금하신 것이다.

먹는 것처럼 즐거운 것은 없다. 하지만 과음(過淫)과 과식(過食)은 몸을 망친다. 또한 음식을 함부로 버리면 안 된다. 종종 사람들이 식당에서 음식을 너무 과다하게 주문해서 남기는 경우가 있다. 이렇게 남겨진 음식은 음식 쓰레기가 되는데, 이것도 엄연히 좋지 않은 업(業)이 된다.

그런데 음식을 남기는 사람들 중에는 대가를 지불했으면 됐지 않냐고 반문(反問)하는 이도 있다. 하지만 음식 값은 치렀으나 그 음식이 만들어져 본인의 입으로 오기까지 공덕은 버린 만큼 없어져 도로 빚이 된다. 그래서 식당에서 지나치게 배고플 때 음식을 시키는 것을 족히 조심해야 하고, 배고플 때 장보는 것도 찬찬히 생각해야 한다. 배고픈 욕구가 음식을 너무 많이 시킬 수 있고 장을 너무 많이 볼 수 있게 할 수도 있다.

명예욕(名譽慾)은 자기를 알아달라는 욕구다. 나이가 들수록 명예욕은 더 높아진다. 기력이 쇠퇴(衰退)해지면서 무언가 보상받고 싶은 욕구다. 마치 소나무가 병들면 종종 번식(種種繁殖)을 위해 솔방울을 많이 맺는 것과 같다. 난(蘭)도 병들면 번식을 위하여 씨를 많이 맺는 것과 같다. 하지만 이것을 명심하라! 사람을 비롯한 모든 만물은 본인이 살려고 태어난 것이지 남을 위해서 태어난 것은 아니다.

수면욕은 잠자고 싶은 욕구다. 잠이란 몸의 휴식을 취하기 위한 것이지 몸을 멈추게 하는 것이 아니다. 너무 지나친 수면은 살아있는 죽음이다. 성공하는 사람들의 특징은 잠을 많이 취하지 않는다. 잠이 많다는 것은 그만큼 게으른 것이다. 게으름은 성공에 방해가 된다.

이렇게 오욕락(五欲樂)은 몸뚱이와 관련이 있다. 수행(修行)은 몸뚱이에게 끄달리느냐, 몸뚱이를 이끄느냐 하는 정신력에 있다.

잡초 속에 꽃으로 살아갈 것인가, 아니면 꽃 주변의 잡초가 될 것인가. 흙과 돌 속에 보석으로 살아갈 것인가, 아니면 보석 주변의 흙과 돌이 될 것인가. 오욕락에 물든 천한 사람이 될 것인가, 오욕락(五欲樂)을 다룰 줄 아는 진인(眞人)이 될 것인가. 이것은 오직 본인의 마음에 달려 있다.

동지(冬至)

동지는 24절기(節氣) 중 밤이 가장 긴 날이면서 양력으로 지구가 태양을 중심으로 한 바퀴 돌아온 날이다. 반면에 다시 한 바퀴 도는 것을 시작하는 날이다. 이 한 바퀴 도는 중심점이 지구에서는 중국의 태산(泰山)이다. 지구가 태양을 중심으로 도는 날이 정확히 365일 5시간 49분 12초다.

이러한 이유로 옛날에는 동짓날이 새해의 첫 날인 설날이었다. 이날 올리는 동지죽 새알 팥죽은 설날에 조상님에게 올리는 예물이다. 이것이 동이족(東夷族)이 중국 태산에서 비롯하여 올리는 예식(禮式)이다. 이날 동이족 어머니들은 저고리는 흰색 저고리, 치마는 검정색 치마를 입으셨는데 이것이 동지팥죽을 올릴 때 입는 예단(禮單)이다. 즉 흰색 저고리는 새알을 의미하고, 검정색 치마는 팥죽을 의미한다.

새알은 빛의 삼원색인 빨강, 파랑, 초록이 모여지면 하얗게 되는 태양을 나타내기 위하여 하얀 찹쌀로 만들어 넣은 것이고, 팥죽은 밤이 되어 새벽까지 어두움으로 하늘과 땅이 구분되기 전 하늘과 땅이 나누어지기 전이며, 낮과 밤이 나누기 전인 검붉은 노을빛인 현색(玄色)을 나타내기 위하여 이 색깔을 닮은 팥으로 끓인 죽(粥)이다. 즉 칠흙같은 어둠에서 초 새벽의 태양을 만나 희망찬 새해를 맞이하는 의식(儀式)이다.

견디고 참고 기다림

❖

며칠 있으면 올해도 마무리한다. 그래도 겨울이라고 춥기는 춥다. 그나마 조금씩 붙어 있던 나무 잎사귀도 얼마 남지 않아 울창하던 숲이 차츰차츰 앙상한 숲으로 변해버렸다.

삶은 견디고 참고 기다리는 날들의 연속이다. 겨울 숲이 겨울의 모진 풍파 동안 쉬었다가 봄을 맞아 찬란한 숲이 되어가듯이, 삶에서 무언가 열심히 하면서 일을 성취하려면 견디고 참고 기다릴 줄 알아야 한다. 음식에도 숙성과 발효가 있다.

사람으로 말하면 성숙된 모습과 같다. 이렇게 음식이 숙성되어 깊은 맛을 주기까지 노력과 인내와 시간이 필요하다. 사람도 일을 이루기까지는 노력과 시간이 필요하다. 이것이 견디고 참고 기다리면서 성공을 맞이하는 자세다.

노력했음에도 실패한 사람보다, 노력도 없고 기다릴 줄도 모르는 사람이 더 문제다. 실패한 사람은 그동안 축적된 노력과 기다릴 줄 아는 마음이 있어 언젠가는 성공으로 가지만, 견디고 참고 기다릴 줄 모르는 성급한 사람은 성공의 씨앗 자체가 없다.

이 세상에는 거저가 없다. 공짜가 없다. 견디고 참고 기다려라! 이것이 불가(佛家)에서 말하는 감인대(堪忍待)다.

믿음이란

자기를 믿는 것이 부처를 믿는 것이고 자기를 아는 것이 불법(佛法)을 아는 것이고 자기를 위하는 것이 스님을 위하는 것이다. 마음이 부처고 생각이 불법이고 언행이 스님이기 때문이다.

그러나 믿는 내가 있고 믿어지는 내가 있으면 두 명의 내가 되어 삿된 믿음이 되고, 아는 내가 있고 알려진 내가 있으면 두 명의 내가 되어 삿된 알음알이가 되고, 위하는 내가 있고 위해지는 내가 있으면 두 명의 내가 되어 삿된 위함이 된다.

이러한 이치를 보여주는 것이 바다도 파도를 숨기고 나타낸 적이 없고 하늘도 구름을 숨기고 나타낸 적이 없는 것과 같다.

혼자에서 혼자로

삶에 있어서 외로움은 동반자로 받아들여야 한다. 이것은 수도자(修道者)에게만 해당되는 것이 아니다. 누구나 아는 사실이지만, 쌍둥이를 제외하고 사람은 태어날 때 혼자고 특별한 사건이 아닌 이상 임종 때도 혼자다. 인생 자체가 혼자에서 혼자로 마무리된다.

그러므로 혼자만의 시간을 외로움으로 치부하기보다 고요한 즐거움으로 전환하는 것이 중요하다. 그러기 위해서는 외로움도 동반자가 되어야 한다.

혼자만의 시간을 고독으로 많이 가지는 사람은 나쁜 기억과 부정적인 생각이 마음속에 자리 잡아 자신감과 자존감을 많이 잃은 사람들이다. 반면에 혼자만의 시간을 즐기는 사람은 좋은 추억을 많이 가진 사람들이다. 그러면서 긍정적인 마음과 미래에 창조적인 꿈을 꾸며 자신감과 자존

감을 높이는 사람들이다.

고독에 빠진 사람이나 추억을 즐기는 사람이나 알고 보면 희로애락이 다 똑같이 주어진 인생행로에 있다. 혼자에서 혼자로 가는 인생. 혼자가 동반자가 될 때 외로움에서 벗어난다.

이런 사위 있나요!

신축년(辛丑年) 새해다. 어제부터 내린 눈이 새벽을 넘어 오전까지 내렸다. 어제는 작년, 올해는 금년, 해가 바뀌도록 내리니 웃자는 소리로 2년 동안 눈이 내리는 것이다.

아침부터 눈을 치우고 사시예불(巳時禮佛) 후 방 청소를 하고 있는데, 보현행 보살님으로부터 전화가 왔다.

"스님, 새해 인사차 전화드렸습니다. 그리고 BBS 불교방송을 보는데 스님께서 나오셔서 유행가 중 〈천년바위〉를 부르시는 모습을 보고 깜짝 놀랐습니다."

아닌 게 아니라 작년 10월쯤 "세계 종교인 평화대회" 행사에 불교계 대표로 〈천년바위〉를 불렀는데 올해 신축년 1월 1일에 BBS 불교방송국에 나온 것이다.

이런 이야기를 하다가 8년 전 내가 나포에 있는 불주사(佛住寺) 주지(住持)로 있을 때 결혼식을 올린 보현행 보살님 딸과 사위 이야기가 나왔다. 그때 결혼할 당시 딸 호정이가 현재 사위인 민병준이라는 사람과 맞나 보려고 모 철학관에서 궁합을 본 것이다. 그런데 철학관 측에서는 둘이 결혼하면 좋지 않다고 했다. 둘이 서로 좋아하는데 이런 소리를 들으니 결혼하기는 좀 불안했던가 보다. 그래서 보현행 보살께서 내게 상담하러 왔다. "스님, 어떻게 하지요?" 그러자 나는 "서로 좋으면 되는 거지. 뭐 궁합 필요 있나요!" 해서 결혼식이 성사되었다.

결혼식이 끝나고 며칠 지난 후 보현행 보살님께서 내 방에 들르셨는데, 돈 봉투를 주시며 말씀하시는 것이다.

"스님, 불사하시는 데 쓰세요."

나는 너무 당황스러워서 여쭈었다.

"아니, 이렇게 큰돈을 저에게 주십니까?"

보현행 보살님께서 하시는 말씀이 사실은 딸에게 결혼식 때 본인인 보현행 보살님 앞으로 들어오는 축의금(祝儀金)은 부처님께 바치기로 약속을 받았다는 것이다.

나는 그 돈을 받고 고민하다 '파스요법'으로 유명하신 시각장애인이시며 대체의학의 선구자이신 남산 스님이 생각났다. 장애인 후원사업도 하시고 빈민국 돕기도 잘하시는 스님이신데, 돈이 없어서 환자를 돌보는 데 필요한 의료기계를 구입하지 못하고 계시다는 소리를 들었다. 평소에 내가 존경하는 분 중에 한 분이셨다. 그래서 결혼축의금과 내가 가지고 있던 돈을 합쳐서 '에테르기 마이크로 조절기'라는 기계를 사드렸다.

보현행 보살님은 이토록 신심(信心)이 깊으신 불자님이시다. 그 시절부터 지금까지 변함없이 인연을 지니시는 보현행 보살님께서 사위 자랑을 하신다.

"스님, 우리 병준이 사위가 얼마나 대단하냐면요! 딸인 호정이가 못된 것을 가지고 우기는데 그것을 다 받아줘요."

보현행 보살님 본인이 사위에게 속으로 화 안 나느냐고 물으면 사위가 괜찮다고 말한단다.

"어머니, 화나고 자시고 뭐 있어요. 시간이 지나면 다 아는데요. 오히려 시간이 지나면 호정이가 더 잘해요. 그러니 서로 감정 대립할 필요 있나요?"

때로는 손녀인 수연이가 너무 짓궂게 장난을 쳐도 '나중에 크면 얌전해지겠지' 하며 무엇이든 다 받아주는 등 긍정적 마음을 가진 사위의 자랑스러움을 늘어놓으신다.

그렇다! 이래도 한세상, 저래도 한세상, 짜증내면 짜증나는 세상, 즐거움으로 돌리고 불행 중 다행으로 돌리면 그래도 즐거운 세상, 선택은 내 마음.

인(仁)

❖

중국 옥편 《강희자전》의 마음 심(心) 부 3획 부를 보면 일천 천(千) 자 밑에 마음 심(心) 자가 쓰인 글자가 있는데, 이 글자가 사람 인(人) 편에 두 이(二) 자로 이루어진 어질 인(仁) 자의 옛날의 글자라고 되어 있다. 그러므로 옛날의 '어질다'라는 뜻은 다수인의 마음이었다.

그러나 다수인의 마음이 소수인의 마음을 지배하는 일이 자주 생기자, 새로운 글자를 만든 것이 사람 인(人) 변에 두 이(二) 자를 붙인 어질 인(仁) 자다. 사람이 하늘보다도 땅보다도 귀하다는 것을 온 세상에 나타내기 위해서였다. 즉 하늘과 땅이 있어도 사람만이 마음을 가지고 있기 때문이었다.

이러하기에 어질 인(仁) 자의 사람 인(人) 편에 붙어 있는 두 이(二) 위의 한 일(一) 자는 하늘을 나타내고 아래의

한 일(一) 자는 땅을 나타낸다. 그러므로 어질 인(仁) 자는 사람(人)이 이 세상에서 가장 귀하다는 것을 나타낸 글자다.

어차피 버리는 것이 치료(治療)인 것을

인욕(忍辱)이라는 것이 스스로 참고 견딤도 있지만, 상대보다 힘이 약해서 참기도 하고, 겁이 나서 참기도 하고, 윗 상사라 참기도 하고, 어린 사람과 싸우는 것이 자존심 상해 참기도 한다. 스스로 참는 것은 마음에서 어느 정도 받아들이는 참음이라 견딜 수 있지만, 그 외의 경우는 억울함이 가슴 한구석에 자리를 잡는다. 이러할수록 서글픔도 쌓이고 화병도 쌓인다. 이런 것은 가지고 있어 봤자 마음의 병만 된다. 그냥 업장소멸이려니 하고 마음을 돌리는 것이 편하다.

세상에는 각자 타고난 업(業)이 달라서 현재 상황만 보면 불공평(不公平)한 것 같지만 인과응보(因果應報)에서 보면 자업자득(自業自得)이요, 자작자수(自作自受)다. 고로 평등(平等)한 것이다.

거름 위에 핀 꽃을 보면 아름답기 그지없다. 하지만 꽃이 피기까지 병충해와 바람의 시달림을 견디면서 핀다. 그러다 꽃은 시들면서 거름이 된다. 그 거름이 다시 꽃을 피운다. 사람만 살면서 욕보는 것이 아니라 꽃을 비롯한 모든 만물은 욕보면서 피고 시든다.

욕본다는 말을 바꿔 말하면 참고 견딘다는 말도 된다. 우리가 음식을 먹어도 인체는 필요한 것만 영양분으로 흡수를 하지, 필요 없는 것은 똥오줌으로 다 내보낸다. 그저 억울함도 가지고 있어 봤자 병이니, 버리는 것이 치료다.

정처 없는 인생

외로운 이는 사랑을 그리워하는 이고, 슬퍼하는 이는 기쁨을 그리워하는 이고, 가난한 이는 넉넉함을 그리워하는 이고, 괴로운 이는 편안함을 그리워하는 이고, 죽어가는 이는 영생을 그리워하는 이다. 그런데 알고 보면 어둡다고 어두운 밤이 없으면 환한 먼동이 트는 아침이 없어지고, 눈보라가 친다고 눈보라 치는 겨울이 없으면 꽃이 피는 봄이 없어지기 때문에 모든 것이 다 정처가 없는 것이다. 그러니 서글퍼도 미련도 두지 말고 정도 두지 말아야 한다. 이러한 것이 정처 없는 인생이기 때문이다.

수행(修行)할 때나 기도할 때

생각이 마음의 상태(狀態)라면 말은 생각의 표현이다. 표현은 분위기를 조성한다. 하지만 수행은 외부의 분위기에 들어가지 않는 생각이 멈춰진 마음을 통찰하는 것이다. 수행할 때는 하고 싶은 말보다 꼭 해야 할 말만 하는 것이 중요하다. 쓸모없는 말은 쓸데없는 대화를 유발 시키고, 심해지면 감정의 골이 생겨 수행도 방해될 때가 있다. 신경이 예민해지면 더욱 심하다. 고요한 침묵 속에 조그만 소리도 잘 들리는 것과 같다.

기도도 마찬가지다. 기도하는 사람이 옆에 있으면 방해되지 않게 하는 것은 당연한 일이고, 본인이 기도할 때도 차분하게 부처님 앞에 절하고 앉는다. 집에서 기도할 때도 부처님을 생각하면서 차분하게 앉는다.

그러면서 자신의 허물부터 반성하고 원하는 것이 있으면

부처님께 해달라고 하지 말고, 내가 원하는 것을 열심히 노력해서 이룰 수 있도록 해주십사 이렇게 기도해야 한다. 부처님은 노력하는 사람을 방해하지 않는다. 그렇다고 쉽게 얻으려고 하는 사람도 도와주지 않는다. 또한 정의롭지 못한 욕심도 들어주지 않는다. 그래서 기도를 비롯한 원하고자 하는 것은 바른 것을 원해야 하고 바르게 노력해야 한다.

기도 중 쓸데없는 말 또한 도움은 못 된다. 기도가 성취되면 '내 마음에 부처가 있구나!' 하고 신심(信心)이 절로 난다.

왕태(王駘)의 가르침

중국 고대 철학사의《춘추(春秋)》편을 보면 노나라에는 공자보다 더 존경을 받는 왕태라는 분이 계셨다. 이분은 어렸을 때 두 발을 잃어 두 발이 없는 사람이다. 이분에게 누군가가 찾아와 마음을 어떻게 닦아야 하냐고 묻자, 이분은 나는 발이 없어 발이 더러워진 적도 없고 깨끗해진 적도 없어서 어떻게 발을 씻어야 하는지 모른다고 했다. 그리고 마음이 없는 마음이 인간의 본래 참된 마음이라고 했다.

보통 사람들의 마음은 잠시도 가만히 있지 않는다. 이렇게 생각하다 지치면 스스로 가수 나훈아 선생의 노랫말처럼 "내가 왜 이러는지 몰라." 이렇게도 한다. 그래서 큰스님들께서 "하루에 만 번 태어나고 만 번 죽는다."고 하신다. 그러니 쓸데없는 생각으로 쓸데없는 마음을 만들어 시간을 낭비하지 말아야 한다.

실제로 자신이 생각하는 근심 걱정의 97% 이상은 일어나지도, 다가오지도, 발생하지도 않는, 필요없는, 쓸데없는 시간 낭비라고 한다. 매일 범사(凡事)에 감사하며 최선을 다하며 사는 삶이 으뜸이다.

떳떳함

어느 사람이나 남에게 나를 나타내려고 하는 내가 없어야 하고, 남에게 나를 숨기려고 하는 내가 없어야 한다. 나타내려고 하는 내가 있고 나타낼 내가 있으면 두 명의 내가 되어 참된 내가 아니고, 숨기려고 하는 내가 있고 숨길 내가 있으면 두 명의 내가 되어 참된 내가 아니기 때문이다. 그러므로 나를 나타내고 나를 숨기는 것은 떳떳함에서 벗어나 나를 속이는 것이고, 이웃을 속이는 것이고, 온 인류를 속이는 것이다.

복숭아꽃은 연지를 찍지 않아도 붉고, 배꽃은 분을 바르지 않아도 하얗다. 이러하듯이 나타내려고도 하지 말고, 숨기려고도 하지 말고 떳떳하게 살아야 한다.

세상에서 가장 행복한 기다림

나, 나의 것, 꿈속을 벗어나

살다 보면 우리에게 소유물이 생긴다. 이 소유물은 나의 소유물이지 '나'는 아니다. 이 소유물들을 '것'이라고도 표현한다. 그런데 '것'이라고 한 것은 엄연히 나의 것이지 '나'는 아니다. 하지만 나의 것에 집착하다 보면 심지어는 목숨까지 건다. 나의 것을 나로 착각하여 생기는 현상이다. 마치 꿈속을 헤매는 것과 같다.

몸뚱이도 마찬가지다. 인연 따라 받은 것이고 나의 '것'이지 '나'는 아니다. 그렇다고 몸뚱이를 함부로 하라는 것은 아니다. 다만 금생(今生)에 인연 따라 받은 몸이니 잘 관리하면서 살면 되는 것이다.

마음도 이랬다저랬다 그런다. 이랬다저랬다 하는 것도 '것'에서 벗어나지 못한다. 사람들은 이러한 '것'에 속하는 재물을 잃어버릴까 두려워하고, 이러한 '것'에 속하는 몸뚱이도 어차피 생을 다하면 없어지는 것을, 몸뚱이에서 오는 그 고통을 두려워하는 생각에서 벗어나지 못한다.

이러한 것에서 벗어나는 것이 바로 반야심경(般若心經)의 원리전도몽상(遠離顚倒夢想)이다. 즉 잘못되고 그릇된 꿈같은 생각을 멀리 벗어난다는 그 뜻이다. 그러니 이제부터라도 나와 나의 것을 구분해야 한다.

무상(無常)이라는 것이

사람들은 부처님께서 말씀하신 무상(無常)이라는 것이 세상살이 무의미(無意味) 하다는 뜻으로 받아들이는 경향이 있다. 그러다 보니 세상에 적응이 부족한 사람들이 간혹 노숙자(路宿者)가 되어, 부처님 말씀인 무상(無常)이라는 말을 핑계 삼아 자포자기하며 나태(懶怠)하게 사시는 분들이 종종 있다. 이렇게 무상이라는 말을 나태함의 핑계로 삼으면 안 된다.

무상이란 말 그대로 고정됨이 없이 변하여 항상 함이 없다는 것이다. 지금 거지라고 하여 계속 거지가 되는 법이 없다는 뜻이다. 마찬가지로 지금 부자라 하여 계속 부자일 수도 없다. 즉 환경이나 상황이 힘들다 하여 포기할 필요가 없다는 희망적 뜻도 포함되어 있다. 반면에 지금 환경과 상황이 나에게 유리하다 하여 교만해서도 안 된다.

나답게 사는 삶

엄동설한(嚴冬雪寒)이 엊그제 같았는데 눈이 녹으며 봄비처럼 비가 와 하얀 세상을 만들었던 눈은 어디로 가고 따뜻한 방에 앉아 잠시 마음을 쉬는 아침이다.

사람들이 가끔 이런 질문을 한다. "스님, 저는 언제쯤 좋아지나요?" 그럼 나는 "기분 나쁜 일 있으면 빨리 털어버리면 좋은 날이고, 좋은 일 있으면 좋은 날이고 이런 일 저런 일 아무 일 없으면 아무 탈 없으니 좋은 날"이라고 가르쳐 준다.

그렇다. 알고 보면 세상살이가 좋고 나쁜 것은 남이 주관하는 것이 아니라 본인이 주관하는 것이다. 그러니 나답게 살아야 한다. '~답게'라는 말을 4자(字)로 표현하면 '답에 맞게'가 된다. 즉 나답게 사는 것은 나의 답에 맞게 산다는 것이다. 나답게 살면 "스님, 저는 언제쯤 좋아지나요?" 이런 질문도 할 필요가 없다.

알고 보니

내가 나를 만들었다고 하면, 만든 나와 만들어진 내가 두 명의 내가 되어 내가 나를 만들었다고 하는 것은 거짓이 된다. 그렇다고 나를 내가 아닌 다른 이가 만들었다고 한다면, 나를 만든 다른 이도 자기가 자기를 만든 이가 아니니, 나를 만들었다고 하는 것은 거짓이 된다.

다른 이도 만든 이와 만들어진 이가 있으면 두 명의 다른 이가 되어 나를 만들 수 있는 다른 이가 아니기 때문이다. 해는 해를 비치지 못해 자기를 나타내지 못하고, 그림자는 그림자를 드리우지 못해 자기를 숨기지 못하기 때문이다.

지금 바깥에는 우리 절에 사는 개 진달래가 짖어가며 뛰어놀고 있다. 아침에 목욕하고 올라오는데 진달래가 등이 간지러웠나? 잔디밭에 등을 비비고 있었다. 그래서 등을 손으로 긁어주었다. 가끔씩 묶여 있던 걸 풀어주면 절 마당에서 좋다고 뛰어논다. 뛰어노는 진달래도 좋지만 바라보는 나도 좋다. 이렇게 진달래도 묶여 있다가도 풀려나는 기쁨을 느낄 것이다. 그러다 진달래가 다시 묶이더라도 '언젠가는 다시 풀리어지겠지!' 하고 희망을 가질 것이다.

세상살이가 아무리 힘들어도 무상을 핑계 삼아 자포자기하지 말고, 무상을 이유 삼아 항상 힘든 것만이 아니니 상황이 바뀌면 나도 좋은 날이 있을 것이라는 생각으로 열심히 사는 것이다.

생(生)과 사(死)가 둘이 아님을 알면

사람들이 살 때는 죽는 것이 두려워 제대로 살지 못하고, 죽을 때는 삶의 여한이 남아 제대로 죽지 못하는 경우가 있다. 이렇게 어리석은 이유는 생과 사가 둘이 아님을 몰라서 그런 것이다. "죽음이란 몸뚱이가 죽는 것이지 마음이 죽는 것이 아니요, 살아 움직이는 몸뚱이도 마음이 주체다."

생각과 정신이 없는 몸뚱이의 움직임은 운전이 미숙한 자동차의 움직임과 같다. 어떤 사람들은 사람이 죽으면 "어디로 가냐?"라고 묻는다. 그럼 나는 이렇게 대답한다. "지은 업(業) 따라 간다"고 대답한다.

산 사람이 죽은 사람 만나고 왔다는 말 들은 적 없고, 죽은 사람이 다시 일어나 죽을 때 못 가져간 물건 찾으러 왔다고 한 적은 없으나, 마음은 죽고 살고가 없다. 이것이 반야심경(般若心經)의 불생불멸(不生不滅)의 이치이니, 살

때 죽음을 걱정하지 말고 죽을 때 여한이 없어야 살 때 제대로 살고 죽을 때 제대로 죽는다.

대상을 소유하려 하지 말고
변함없이 흔들리지 말라

신문 사설을 보다 보면 사랑의 실패로 자살도 하고, 사랑하는 상대가 자신의 사랑을 받아주지 않는다고 살인도 하는 불미스러운 내용을 접할 때가 있다. 이 경우는 사랑의 욕구가 화로 변하여 생기는 현상이다.

아픔 중에 '못 다한 사랑, 이루지 못한 사랑'의 아픔은 무엇보다도 크다. 이 사랑이 때로 상사병도 유발한다. 이런 사랑에 빠지게 하는 것을 상대의 매력 때문이라고도 한다. 상대의 매력이 지나치면 마력으로도 변한다. 그 마력이 눈을 멀게 한다. 즉 매력이 마력이 되고 마력이 눈을 멀게 하는 병을 만든다. 이것이 사랑이라는 병이다.

인간에게는 이성과 감성이 있다. 감성은 어떤 대상에 좋고 나쁨, 보통임을 느낀다. 이성은 이러한 좋고 나쁘고 보통인 것을 한쪽으로 치우치지 않게 잡아주는 역할을 한다. 하지만 치우침을 잡아주는 이성이 무너질 때 이때가 감정이 되는 것이다. 즉 이성이 없는 감성이 감정이다.

사람이란 술에만 취하는 것이 아니라 노래에도 취하고 그림에도 취하고 냄새에도 취하고 감촉에도 취한다. 이렇게 취하다 보면 마음도 저절로 취한다.

그래서 부처님께서는 금강경(金剛經)에 '불취어상(不取於相) 여여부동(如如不動)하라!' 말씀하셨다. 대상에 취하지 말고 변함없이 흔들리지 말라는 뜻이다. 의역하자면 대상을 소유하려 하지 말고 변함없이 흔들리지 말라는 뜻이다. 그러니 좋으면 좋은 대로, 안 좋으면 안 좋은 대로 그저 그런대로. 하지만 내 마음은 여여부동(如如不動)하게 살아야 한다.

말로 해결한 전쟁

❖

세계 전쟁사 가운데 칼과 창이 아닌 입속의 혀로 적을 물리친 전쟁이 있다. 993년 10월에 지금의 중국 만주 땅에 있던 요나라의 소손령 장군이 80만 대군을 이끌고 고려를 침략했을 때 고려의 장군 서희 이야기다. 서희 장군이 칼도 차지 않고 혼자서 소손령을 찾아가자 소손령이 80만대군이 두렵지 않느냐고 물었다. 그러자 서희 장군은 어느 누구도 미워한 적이 없는데 무엇이 두렵냐고 말하고 소손령에게 발밑의 땅은 땅 스스로 누구의 땅이라고 말한 적이 없는데 왜 내 땅이라고 네 땅이라고 싸울 것이 무엇이 있느냐고 묻고는 천하의 땅은 사랑으로 지키고 사랑으로 다스리자고 했다. 이 말을 듣고 소손령은 80만 대군을 데리고 물러갔다.

어렸을 때 친구들과 땅따먹기 놀이를 한 적이 있다. 그때는 참 재밌게 놀았다. 비록 땅은 땄어도 땅문서는 없었다.

지금은 너무 심한 집값 상승으로 노동의 값어치를 잃어 가고 있다. 다른 나라에서 땅을 정복하러 오지는 않는데, 그 대신 부동산 투기 과열로 사회가 혼란하다.

비울수록 채워지는 삶

잔도 비워야 채울 수 있고, 위장도 비워야 음식을 먹을 수 있고, 기도(祈禱)도 비워야 성취할 수 있다. 비우지 않고 채우려는 것은 욕심의 연장이다.

기도 성취가 아직 되지 못한 사람들 말을 들어보면 '내가 그것을 위해서 어떻게 기도를 했는데!' 하며 하소연한다. 그런데 알고 보면 어떻게 했다는 생각 이전에 아직도 부족한 것이 뭔가를 생각하는 습관을 길러야 한다.

세상에 쉬운 일은 별로 없다. 하지만 일을 터득하면 쉬워진다. 기도(祈禱)도 쉽지는 않다. 반면에 기도를 이루려면 비우고 하는 기도가 현명하고 쉬운 길이라는 것을 알아야 한다.

뿐이고

❖

이름은 누군가의 이름이지만, '그'가 아니고 그를 부르는 소리일 뿐이다. 태어날 때 '나 아무개요' 한 사람 없고 부모가 붙여준 이름이기 때문이다. 누군가의 얼굴이나 몸뚱이도 그가 아니고 그를 가려내는 형상일 뿐이다. 지금 현생에 인연 따라 생긴 얼굴이며 몸뚱이일 뿐이다. 생각은 누군가의 생각이나 '그'가 아니고 그를 나타내는 뜻일 뿐이다. 상황과 인연 따라 생기는 생각은 본인의 뜻이기 때문이다. 행동은 누군가의 행동이지만 '그'가 아니고 그를 나타내는 동작일 뿐이다. 이것 또한 상황에 따라 본인의 행동을 한 것 뿐이다.

그러므로 "고정된 '나'가 없어야 상황에 맞는 '나'가 되는 것이다." 상황에 맞는 나는 인연 따라 생긴 '나'이다. 고정됨이 없는 나는 무어라 이름 붙일 것이 없기에 형상으로도 나타낼 수도 없기에 진아(眞我)가 되며, 정해진 '나'가 없다 하여 무아(無我)라고도 부른다.

반면에 인연 따라 생긴 '나'는 상황에 따라 변한다 하여 가아(假我)라고 한다. 이 가아(假我) 또한 상황에 따라 수시로 변하니 진아(眞我)와 마찬가지로 고정된 '나'가 없으니 마찬가지로 무아(無我)가 된다.

그러니 알고 보면 자기의 이름을 나타내려고 하는 이는 그가 누구든 이름을 우상으로 섬기는 이고, 자기의 얼굴과 모습을 나타내려고 하는 이는 그가 누구든 얼굴과 모습을 우상으로 섬기는 이고, 자기의 생각을 나타내려고 하는 이는 그가 누구든 생각을 우상으로 섬기는 이고, 자기의 행동을 나타내려고 하는 이는 그가 누구든 행동을 우상으로 섬기는 이다. 왜냐하면 진아(眞我)인 그가 아니기 때문이다.

한민족의 충효일치사상(忠孝一致思想)

한민족이면 누구나 가지고 있는 충효일치사상(忠孝一致思想)은 제사상에도 그대로 나타나 있다. 왜냐하면 제사상에 맨 처음 대추를 올려놓는 것은 대추가 남성으로서 씨앗이 하나라, 나라로는 임금을 나타내고 집안으로는 종조(宗祖)를 나타내기 때문이다. 그 옆에 밤을 올려놓는 것은 밤이 여성으로 씨앗이 없어서 나라로는 왕후를 나타내고 집안으로는 종모(宗母)를 나타내기 때문이다.

그다음에 감을 올려놓는 것은 감이 남성으로서 씨앗이 여섯으로, 나라로는 육조판서를 나타내고 집안으로는 육촌 형제를 나타내기 때문이고 그 옆에 은행을 올려놓는 것은 은행이 여성으로서 씨앗이 없어서고, 나라로는 육조판서의 부인을 나타내고 집안으로는 육촌 형제의 부인을 나타내기 때문이다.

그다음에 사과를 올려놓는 것은 사과가 남성으로서 씨앗이 여덟이라, 나라로는 팔도감사를 나타내고 집안으로는 팔촌 형제를 나타내기 때문이고, 그 옆에 잣을 올려놓는 것은 잣이 여성으로서 씨앗이 없어서 나라로는 팔도감사의 부인을 나타내고 집안으로는 팔촌 형제의 부인을 나타내기 때문이다.

요즘 절에서도 명절에 제사를 지내준다. 유교의 상차림과는 다르지만, 충효일치사상은 다르지 않다. 그 집안의 잘되고 못되고의 기본은 누가 뭐라고 해도 충효일치사상이 기본이다. 집안에 부모님 살아 계실 때는 형제자매 사이가 그리 멀어지지 않지만, 부모님 돌아가시면 멀어지기 시작한다.

유교 경전인 논어(論語)의 일월(一月) 팔일(八日) 편을 보면 공자가 제물을 제사상에 차리는 것을 그의 제자가 보고 "죽은 자는 먹지 못하는데 왜 제물을 올리십니까?" 하고 물었다. 그때 공자님께서 말씀하시길 "제물을 받쳐 예를 얻으니 이 얼마나 좋으냐"고 했다.

이 말씀에 대하여 주자가례(朱子家禮)를 완성시킨 주희가 해석하기를 부모나 조상에게 못 다한 효도하는 마음이 음식이 되어 제사상에 차려지는데, 왜 음식만 보고 효도하는 마음은 보지 못하느냐고 공자님께서 말씀하신 것이라고 했다.

가끔 명절 때 제사를 지내면 신도님들 중에 "스님, 제삿날 돌아가신 부모님이 오시나요?" 하고 질문하시는 분들이 있다. 그러면 나는 이렇게 대답한다. "신도님이 부모님을 생각하시면 제삿날 부모님이 계실 것이고, 그냥 제물만 생각하면 계시지 않으실 것입니다."라고 대답한다.

그렇다! 부모님 살아생전에 하는 효도는 부모님 좋으시라고 하는 것보다, 돌아가시면 본인이 덜 후회하기 위한 것이니 결국은 본인을 위한 것이 더 큰 것이고, 그나마 살아생전 효도를 제대로 못 했다면 제사라도 정성스럽게 잘 지내야 한다.

앎과 구족(具足)과 전지전능(全知全能)

우리는 어떤 대상을 접할 때 안다 모른다를 알고 있다. 이렇게 아는지 모르는지를 아는 것이 바로 원초적 앎이다. 원초적 앎은 본성(本性)이면서 마음이다. 마음이라는 것이 원초적 앎을 통해서 아는 것은 아는 대로 발전시키고, 모르는 것은 배우고 익히면서 창조해 나간다. 이것을 불교(佛敎)에서는 모든 것을 갖추고 있다 하여 구족(具足)이라고 표현하고 기독교(基督敎)에서는 하나님을 마음으로 대명사(代名詞)하여 전지전능(全知全能)으로 표현한다.

그러므로 세상에 표출된 것은 마음의 창조물이다. 즉 마음으로부터 나왔다 하여 화엄경(華嚴經)에서는 일체유심조(一切唯心造)로 표현한다. 이렇게 앎은 마음이고 마음은 모든 것을 구족하였기 때문에 부처가 되는 것이다. 그래서 심즉시불(心卽是佛)로 표현한다.

하지만 중생(衆生)은 본인이 부처인지를 모르고 살아가고 있다. 다른 곳에서 부처를 찾지 말라! 그 찾는 마음이 곧 부처인 줄 알면 된다.

노예해방 운동

서양에서는 로마의 스파르타쿠스가 노예로서 노예해방 운동을 하였고 동양에서는 고려의 만적(萬積)이 노예로서 노예해방 운동을 하였다. 그때 스파르타쿠스와 만적이 노예들과 함께 부르짖었던 세 가지 구호가 이것이다. 즉 왕족이나 귀족이나 평민이나 노예나 씨앗이 따로 있지 않으며, 인간은 누구나 자기가 자기를 만드는 것이므로, 자연 속에서 자연과 함께 자연으로 살아야 한다는 것이었다. 노예의 해방운동은 인간이 인간을 위한 평등의 운동이었고 자유의 운동이었고 평화의 운동이었다.

부처님께서도 또한 왕족으로 계시다가 출가 후에, 사람이란 태어날 때부터 왕족에서부터 천민까지 정해져 있는 것이 아니라 사람의 행동에 따라 격(格)이 형성된다고 하셨다. 즉 모든 인간의 평등을 선언하셨다. 그리고 모든 생명체는 불성(佛性)을 가진 존재로 표현하셨다. 이러한 세상이 가장 아름다운 한 송이 꽃이다.

"자기를 치장하고 내세우는 것이 심하면 팔불출이 되지만, 남을 존중하고 아껴주면 사랑받는 꽃송이로 승화된다."

방생(放生)

코로나 사태로 요즘은 해마다 하는 정월 방생법회(放生法會)도 못하고 있다. 아는 사람은 알겠지만, 방생이란 불가(佛家)에서 말하는 살아있는 생명에게 먹이를 주거나 잡혀 있는 생명을 살려주는 일이다.

우리 절 은적사 신도이신 선도 거사님과 실상화 보살님께서 군산 하구 둑에서 정월 방생을 같이 하자고 하셨다. 정월기도도 회향했기에 조촐하게 이들 부부와 함께 군산 공설시장에서 미꾸라지와 가물치를 사다가 군산 금강 하구 둑에다 풀어주었다.

보통 방생한 물고기를 바다나 강가에 풀어주면 물고기들이 바로 멀리 물속으로 가는 것이 아니라 풀어준 사람을 한 번 쳐다보고 간다. 아마도 물고기 입장에서는 고마움의 표시인 것 같다. 그럴 때 물속으로 손을 집어넣어 물고기 등을 만져주며 "가서 잘 살아라!" 해도 도망가지 않는다. 오늘도 어김없이 미꾸라지 등을 만져주면서 이렇게 얘기를 했다. 이것은 비단 나만의 경험이 아니다.

어느 낚시꾼의 얘기다. 어느 날 그 낚시꾼이 낚시를 갔는데 낚시를 하면서 휘파람을 불었다고 한다. 아! 그런데 낚싯대 옆으로 웬 물고기가 오지 않는가! 그래서 미끼인 떡밥을 먹여 주었다는 것이다. 그다음에도 그 장소에 가서 휘파람을 불면 그 물고기가 와서 떡밥을 얻어먹고 가는 것이다.

알고 보니 그 물고기는 양식하던 물고기의 일종으로, 장마철이나 폭우 때문에 야생으로 넘어온 것으로 추측되는데, 양식장에 있을 때 주인이 먹이를 주면서 휘파람을 불었던 것이 기억되어 야생으로 와서도 이 낚시꾼이 휘파람을 불면 먹이를 얻어먹을 수 있겠구나, 하고 인식을 하는 것이다. 이 낚시꾼은 한편으로는 방생을 하고, 한편으로는 낚시를 한 것이다.

불자들 또한 식생활에서 육식과 어류를 접한다. 그럴 때마다 나는 속으로 기도하라고 한다. 너의 몸뚱이를 먹이로 바친 공덕으로 더 좋은 몸 받으라고, 기도를 올리고 먹는 것으로 말이다.

불가(佛家)에서는 삼정육(三淨肉)이라고 하여 첫째, 자기를 위하여 죽임을 보지 않은 것, 둘째, 자기를 위하여 죽인 것이란 말을 듣지 않은 것, 셋째, 자기를 위하여 죽은 것이 아닌가, 의심되지 않은 것은 먹어도 되는 것이다.

결국 육식을 먹고 안 먹고보다는 살생을 하지 말고 생명을 살리는 방생을 하여 그 복으로 본인의 수명도 연장시키고, 건강하고 청정(淸淨)하게 사는 것이 중요하다.

여조삭비(如鳥數飛)

❖

배우고 경험해 보아야 부족함을 알게 된다고 하니 "아는 만큼 보인다."는 말이 결국은 맞다. 우리는 알기 위해서, 보이지 않는 것을 보기 위해서 끊임없이 공부해야 한다.

논어 학이편에 "여조삭비(如鳥數飛)"라는 말이 있다. 새가 하늘을 날기 위해서는 수없이 자주 날갯짓을 반복해야 하는 것처럼, 배우기를 끊임없이 연습하고 익혀야 한다. 무엇이든 모르면 배우는 것이 삶의 수단이며 지혜다. 세상은 배워둬서 나쁠 것은 하나도 없다. 단 도덕에 위배 되는 것은 당연히 아니다. 또한 배울 때는 노력과 고생을 각오해야 한다. 대충 배운 것은 언젠가는 다시 배워야 한다. 그래서 배울 때는 제대로 배워야 한다.

맹자는 아버지를 일찍 여의고 홀어머니 밑에서 가난하게 자랐다. 어머니의 교육열에 공자의 손자인 자사의 문하에 들어가 공부하게 된다. 그런데 공부를 시작한지 오래지 않아 어머니가 보고 싶어 집으로 돌아온다.

어떻게든 아들을 공부시켜 큰 사람을 만들고 싶었던 어머니의 꿈이 무너지는 순간이었다.

"공부는 마쳤느냐?"

"아닙니다. 어머니가 보고 싶어 왔습니다."

어머니는 즉시 칼을 들어 짜고 있던 베틀의 날실을 자른다.

"어머니, 왜 그러십니까?"

맹자가 놀라 묻는다.

"네가 공부를 중단하는 것은 내가 오랫동안 고생하며 짜던 베를 자르는 것과 같은 것이다."

맹자는 그 길로 돌아가 학문에 전념하여 큰 학자가 되어 공자 다음으로 추앙받는 사람이 된다.

맹자는 항상 생존을 걱정해야 했던 시대를 살았지만 어떤 어려움에도 굴하지 않고 꺾이지 않았다. 어려움이란 새로움의 시작일 뿐이다. 어려움을 이겨낸 자만이 새로운 단계, 새로운 세상에 진입할 수 있다.

세상은 하루가 다르게 변해가고 있다. 살아남기 위해서는 변화에 얼마나 능동적이냐, 소극적이냐의 문제가 중요하다. 《종의 기원》을 쓴 찰스 다윈은 이렇게 말한다.

"살아남는 것은 가장 강한 종도, 가장 똑똑한 종도 아니고 변화에 가장 잘 적응하는 종이다."

빌 게이츠도 같은 말을 한다. "나는 힘이 센 강자도 아니고, 두뇌가 뛰어난 천재도 아니다. 날마다 새롭게 변했을 뿐이다. 이것이 나의 비결이다. change(변화)의 g를 c로 바꾸면 chance(기회)가 되는 것처럼 변화 속에 기회가 있다."

하루하루 변화에 애써 눈을 감고 모르는 체 방종하는 사람과, 순간순간 변화에 깨어 있으면서 당당히 맞서는 사람의 차이는 각도계의 눈금처럼 시간이 지날수록 더 벌어질 수밖에 없다. 이것이 부처님께서 말씀하신 늘 깨어 있는 삶의 모습이다. 무상(無常)이라는 뜻도 항상(恒常)하지 않기 때문에 변화의 모습에 잘 적응하라는 메시지가 담겨 있다.

성공하기 위해서는 실수와 실패의 반복이 필요하다. 그러나 두려워 말라! 결과가 좋지는 않았더라도 자세와 태도가 바르다면 실수와 실패는 어디까지나 성공의 과정에 불과하다.

인생은 얼마나 살았냐 하는 것보다 어떻게 살았냐가 중요하고, 어떻게 살았냐 하는 것보다 어떻게 살아갈 것인가가 중요하다. 결국 살아온 날보다 살아갈 날이 중요한 것이다. 변화에 수긍하지 못하면 퇴보는 당연한 것이다. 그러니 변하려고 애쓰지 않으면 그저 머무르게 될 뿐이다. "우물쭈

물하다가 내 이렇게 될 줄 알았지!"라는 버나드 쇼의 저 유명한 묘비명처럼 말이다.

힘차게 흐르던 물이 구덩이를 만나면 멈추게 된다. 아무리 발버둥을 쳐 봐야 소용없다. 상처만 남을 뿐이다. 물이 가득 채워져 넘쳐흐를 때까지 기다리는 수밖에 없다. 사람의 그릇은 이처럼 구덩이에 빠진 고난과 시련과 역경 속에서 분명하게 드러난다. 어떤 이는 구덩이에 갇혀 있는 자신을 할퀴고 절망에 빠져 자포자기하는데, 어떤 이는 물이 구덩이를 채워 넘쳐흐를 때까지 마음을 다잡고 재기를 노려 오히려 구덩이에 빠지기 전보다 잘 나간다.

〈세한도〉를 그린 조선 시대 붓글씨의 대가 추사 김정희를 보라. 35세에 과거에 급제하여 병조참판까지 지내다가 모함에 빠져 제주도로 귀양살이를 떠나게 된다. 그는 삶의 구덩이에 빠진 걸 한탄하지 않고 거기서 할 수 있는 일을 찾는다. 그림을 그리고 붓글씨를 쓰는 일이었다. 먹을 가는 벼루만 해도 10개가 밑창이 나가고 붓은 천 자루가 닳아서 뭉개졌다.

조선 후기 실학의 대가 정약용은 18년이라는 길고 긴 귀양살이를 전남 강진에서 보낸다. 깊은 구덩이에 빠진 역경과 시련과 절망과 분노와 좌절을 극복하면서 책을 쓰기 시작한다. 《목민심서》, 《경세유표(經世遺表)》 등의 대작과 수많은 저서를 남겨 후대에 삶의 지표를 남긴다.

그들에게 구덩이는 구덩이가 아니었다. 그저 구덩이로 인한 변화가 기회가 된 것이다.

마음이 마음대로 되면

마음이 고요하면 시장 속에 있어도 몸은 깊은 산속에 있는 하나의 암자이고, 마음이 소란하면 깊은 산속에 있어도 몸은 시장 속에 있는 하나의 상가다. 세상은 내가 고요하기를 바란다고 고요한 적 없고, 내가 심심해서 시끌벅적하기를 바란다고 시끌벅적한 적도 없다. 내가 세상에 맞추어 살아야지, 세상이 나를 맞출 수는 없다. 그러므로 지혜로운 사람은 고요에서도 벗어나 있고 소란에서도 벗어나 있어야 한다.

고요를 좋아하고 소란을 싫어하면 고요할 땐 웃고 소란할 때는 인상을 찌푸리고 짜증과 화를 내는 사람이 되어, 나 아닌 감정에 속는, 하나가 아닌 두 명의 내가 되어 웃음에 속고 눈물에 속아 살게 되기 때문이다. 이러한 좋아함과 싫어함에 벗어나는 삶이 고(苦)에서 벗어나는 마음을 마음대로 하는 삶이다.

시(詩)와 마음

서양에 있는 이스라엘 민족이 읊던 시(詩)는 다윗이 수집하여 구약성경(舊約聖經)에 150편이 기록되어 있고, 동양에 있는 한민족이 읊던 시(詩)는 김천택이 수집하여《청구영언(靑丘永言)》에 1015편이 기록되어 있다.

시(詩)를 한자로 풀어보면 '언(言)+사(寺)'다. 즉 절의 말이 된다. 즉 부처님 말씀이다.

어느 민족이나 성인(聖人)이나 시인(詩人)이 읊은 시(詩)는 자기의 느낌이나 생각이나 마음이나 천지만물(天地萬物)을 말로 나타낸 것이다. 성경에도 하나님께서 말씀으로 창조하셨다고 한다.

그러니 그림은 색깔로 된 시(詩)고, 조각은 형상으로 된 시(詩)고, 춤은 율동으로 된 시(詩)가 된다. 그러면 시(詩)는 어디에서 왔는가? 사람의 생각에서 온 것이다. 그러면 생각은 어디서 왔는가? 마음에서 온 것이다. 불경(佛經) 또한 모든 것은 마음이 만든 것이라고 하여 일체유심조(一切唯心造)로 표현한다.

생각하는 사람

❖

세계적인 시성(詩聖) 이탈리아의 단테가 쓴 신곡 24곡의 1행에서 4행을 보면 심장에서 잠을 자고 있던 사랑이라고 부르는 영혼이 꿈에서 깨어났다고 했다. 그리고 그 사랑은 모든 것으로부터 자유라고 했다. 이 시(詩) 구절로 인해 단테는 로마 교황 보니파키우스 8세에 의하여 고향인 피렌체에서 추방당했다. 피렌체에서 체포되면 화형에 처한다고 선포되어 타향 땅을 떠돌다가 라베나의 길가에서 1321년에 배가 고파 죽었다.

그러나 그의 시상이 문예부흥을 일으켜 종교개혁을 열었고 인간 자유의 시대를 열었다. 큰 세상을 열어간 단테의 시상이 프랑스의 조각가 로댕에게로 이어졌다. 즉 로댕이 그의 시상을 말로 표현할 수 없어 〈생각하는 사람〉으로 조각한 것이다.

관념으로부터 자유

때론 사람들에게 묻는다. 사람이 종교를 만들었습니까, 종교가 사람을 만들었습니까? 제대로 대답하는 사람은 사람이 만들었다고 한다. 하지만 이것도 모르는 사람이 너무 많다.

인간을 떠나서는 이 세상에 어떤 종교도 없다. 믿는 믿음이 없으면 하나님도 부처님도 알라도 없고, 아는 생각을 떠나서는 성경도 불경도 코란도 없고, 지키는 지킴을 떠나서는 십계명도 십선계도 육행오신도 없기 때문이다.

그러나 이렇게만 아는 이도 참된 종교를 모르는 사람이다. 마음이 없는 마음인 무심(無心)이 참된 마음이고, 생각이 없는 생각인 무념(無念)이 참된 생각이고, 움직임이 없는 움직임인 무위(無爲)가 참된 움직임이기 때문이다.

마음이 이름 붙인 것을

역사적으로 신(神)을 섬기지 않은 민족은 없다. 그리고 그 신(神) 이름을 붙이지 않은 나라도 없다. 우리나라에서는 단군이라 붙였고 이스라엘에서는 여호와라고 붙였고 중동 이슬람 지역에서는 알라라 붙였다.

우리나라 단군은 절대자라고 한 적 없이 홍익인간(弘益人間)이라는 사상(思想)으로 민족을 어질게 다스렸다고 설화로 기록하고 있다. 하지만 이스라엘과 중동은 서로 자기네 신(神)이 절대자라고 지금도 싸움을 멈추지 않고 있다.

그런데 알고 보면 여호와 신이나 알라 신이나, 설화 속에 있거나 성경 속에 있거나 코란에 있거나 각자 마음속 생각에 있는 것이지 모든 사람에게 형상으로 보편적으로 보인 적이 없다. 결국 마음이 이름을 붙인 단군 신이고 여호와

신이고 알라 신이다.

한 가정에서 세 명의 자녀를 둔 엄마가 있다고 하자! 첫째는 영희고 둘째는 철수고 셋째는 순이라고 했을 때 이 엄마는 영희 엄마도 되고 철수 엄마도 되고 순이 엄마도 된다. 개인적으로만 붙이면 내 엄마라고도 하고, 형제자매가 함께한 입장에서는 영희든 철수든 순이든 우리 엄마라고 할 것이다. 그렇지 못한 가정에서는 각자만 생각하면 내 엄마만 내 엄마라고만 할 것이다.

알고 보면 각자 주장한 내 엄마도 내내 그 엄마인 것이다. 즉 신(神)의 이름도 마음으로 붙인 칭호일 뿐 다 같은 것이다. 각 가정이 다른 옆집 아빠도 그 집 아빠, 우리 집에서는 우리 아빠다. 그 집 아빠나 우리 아빠나 자녀를 두면 그냥 아빠이듯이 다 같은 아빠다.

그러니 어느 신을 섬기든 본질적(本質的)으로는 다 같은 신(神)이다. 다른 이름을 다르게 붙인 같은 신일뿐이지 다른 것이 아니다. 서양 사람이나 동양 사람이나 아프리카 사람이나 다 같이 사람이듯이 말이다.

일 시작과 마무리

붉은 동백꽃이 아름답게 피어오르는 봄날이다. 이렇게 길을 가다가 잠시 꽃을 감상하는 봄이다. 그러다 누구나 자기 자리로 돌아와 주어진 일을 할 것이다. 무슨 일이든 첫 단추를 잘 끼워야 단추가 순서대로 맞춰지듯이 새해 첫날 일이 잘 돼야 1년 내내 일이 순조롭고, 월초가 즐거워야 월말까지 일이 즐겁고, 월요일이 잘 풀려야 토요일 일요일 주말도 즐겁게 쉰다.

뭐든지 처음이 중요하다. 바둑에서도 초석을 기반으로 삼고 무슨 일이든지 기초 공사를 우선으로 하듯이 말이다. 처음이 제대로 되지 않은 상태에서 일이 진행되면 마무리 단계가 제대로 되지 않아 다시 원점으로 가는 것이 부지기수다.

일의 성과란 빠르고 느리고는 그다지 중요하지 않다. 제대로 하는 것이 중요하다. 그러니 시작을 잘 해야 한다. 마무리는 시작하는 마음처럼 해야 한다. 시작과 중간과 마무리 과정에 고뇌와 고난이 없을 수 없다. 무슨 일이든지 쉽게 된다면 일의 값어치는 없는 것이다. 또한 세상에 쉬운 일이 얼마나 되겠는가? 거저 되는 일은 없다.

그렇다고 일이 없기를 바라지 말라! 사람이 일이 없으면 살아도 삶의 의미가 없는 것이다. 그래서 세상에서 최고 힘든 일 중의 하나가 노는 일이다. 그러니 일이 없으면 찾아서라도 해야 한다. 또한 시작과 마무리가 제대로 안 되면 도로 일이 된다.

진화(進化), 적응(適應), 무유정법(無有定法), 지혜(智慧)

❖

모든 생명은 진화한다. 진화력(進化力)은 적응력(適應力)이다. 태풍이 불어 큰 거목은 쓰러뜨려도 풀은 그대로 있다. 강하다는 것을 적응력 앞에서는 내세울 수 없다. 반면에 약하다 해도 적응을 잘 했으면, 약함도 더 이상 얕보이고 초라한 존재로만 국한시킬 수 없다.

적응력은 정해진 법이 없다. 환경과 상황에 따라 맞추어야 한다. 이것이 금강경(金剛經)에서 말하는 무유정법(無有定法)이다. 수학도 문제에 따라 답이 정해진다. 이러하듯이 자기가 말하는 것만이 옳은 답이라고 말하는 사람은 문제가 뭔지를 모르는 것이다. 이것은 적응하지 못하는 생물이 도태(淘汰)되는 것과 같다. 그러니 어느 문제에 닥쳤을 때 문제가 뭔지를 아는 것이 중요하다.

우리들 인식은 문제가 뭔지를 알기도 하고 모르기도 한

다. 알면 알아서 해결하면 되고 모르면 알아봐서 해결하면 된다. 그러나 제대로 인식되지 못한 문제의 상태는 문제만 더 남기고 만다.

적응을 잘하는 사람은 아는 것도 제대로 알아야 하고 모르는 것도 제대로 알아보아야 한다. 이것이 참다운 지혜(智慧)다.

인간이 가장 존귀한 존재

인류 역사상 인간의 생명이 그 어떤 진리보다 이 세상에서 가장 존귀하다고 선언한 이가 있었다. 바로 이탈리아의 천문학자 갈릴레오 갈릴레이다. 1609년 그는 자신이 만든 볼오목의 배율 망원경으로 달의 흑점과 태양의 흑점을 발견하고 나서 프톨레마이오스와 코페르니쿠스가 나눈 대화라고 하는 천문학 책을 냈다. 그런데 그 책이 지동설을 주장한다고 로마 교황청으로부터 금서로 지정되고 그가 사탄이나 마귀로 종교재판에 회부되어 화형될 위기에 처하자 그는 지동설을 취하하는데, 풀려나오면서 "그래도 지구는 돈다. 세상에서 최고로 존귀한 존재는 사람이다."라고 선언했다.

지금도 지구는 옳고 그름을 떠나서 스스로 돌고 있다.

세상에서 가장 행복한 기다림

4월의 초록 물결이 물들어가는 봄날 아침이다. 초록 물결 사이 활짝 핀 꽃들은 그냥 바라보는 사람들의 얼굴에도 입가에도 미소와 함께 꽃을 피우게 한다.

많은 사람들이 자신에게 더 많은 재산이 있으면 행복할 것이라고 생각을 한다. 그러나 재산이 많다고 해서 행복한 것만은 아니다. 오히려 너무 많은 재산이 있으면 행복하기보다 불행에 빠지기도 더 쉽다. 그렇지 않은 사람도 있지만, 돈의 힘에 눌려 자신의 본성을 잃어버리기도 하기 때문이다.

우리는 목표를 향해 나아가는 과정 속에서 행복을 느낄 수 있다. 자신이 계획했던 일들을 이룰 때 느끼는 성취감, 기쁨 이런 감정들이 바로 그런 행복이다. 이때가 꿈꾸던 것이 실제로 이루어지는 순간이다. 행복은 돈이 많아야 느낄 수 있는 값싼 감정이 아니다. 행복은 결코 돈으로 살 수 없다.

진정한 행복은 힘든 시련 속에서도 묵묵히 목표를 향해 나아가는 그런 노력 속에 있다. 불행한 부자보다 행복한 가난뱅이들이 기죽지 않고 더 밝게 행진하는 것은 꼭 이루고 싶은 꿈이 있기 때문이다.

그러나 꿈만 있고 행동이 없는 이는 수많은 날 꿈만 꾸다 가지만, 꿈을 가지고 노력하는 사람은 언젠가는 그 꿈을 이룬다. 그러니 아무리 힘들어도 꿈을 저버리지 말라! 설레는 마음으로 이루어질 꿈을 기다리라. 이것이 세상에서 가장 행복한 기다림이다.

장애인의 날

오늘은 곡우(穀雨)면서 장애인의 날이다. 곡우란 24절기 중의 하나로, 봄의 곡식을 풍성하게 해주는 봄비가 내리는 날이다. 장애인의 날은 모든 사람들이 인간답게 대접받으면서 장애인 또한 보호받아야 되는 날로 정한 날이다. 태어날 때부터 장애가 있는 경우도 있지만 살아가면서도 장애를 입게 되는 경우가 있다. 그러니 인도적 차원에서도 차별 없이 보호해야 한다.

그러나 이 땅에는 육체적인 장애인보다 정신적인 장애인이 더 많다. 보아야 할 것을 보지 않는 이가 눈이 먼 사람이고, 보지 말아야 할 것을 보는 사람이 사팔뜨기고, 해야 할 말을 말하지 않는 사람이 벙어리고, 말할 필요가 없는 말을 하는 사람이 언청이고, 가야 할 곳에 가지 않는 사람이 앉은뱅이고, 가지 말아야 할 곳을 가는 사람이 절름발이고, 해야 할 일을 하지 않는 사람이 손 없는 이고, 안 해야 할 일을 하는 이가 곰배팔이기 때문이다.

그런데 왜 하나님이나 부처님이나 알라는 이 장애인은 구원하지 못하는가! 아무리 좋은 법문도 본인이 못 알아들으면 소용없고, 가르치는 사람이 제대로 가르치지 못해도 그렇다. 그래서 법문도 제대로 들어야 하고 가르치는 것도 제대로 해야 한다. 이러한 것의 판단은 본인이 하는 것이다.

신(神)의 섭리(攝理)

❖

신록이 더욱더 펼쳐져 가는 4월 말이다. 계절은 너무나 좋은데, 코로나는 물러날 기세는커녕 온 인류를 힘들게 한다. 이런 와중에 가끔 거리를 거닐다 보면 아직도 "예수 믿고 천국 가세요."라며 말을 걸어오시는 분들이 있다. 승복을 입은 나에게도 이러니 다른 일반 분들에는 더욱더 당연시할 것이다. 내가 아는 어떤 스님은 "예수 믿고 천국 가세요." 하면 "그러면 먼저 가세요."라고 대구한다고 한다.

우리는 일상에서 자연(自然)의 섭리를 빗대어 신(神)의 섭리로도 표현한다. 자연의 섭리는 인과응보(因果應報)를 거스르지 않는다. 하지만 간혹 이 세상의 종교인 중에 예수 믿고 천국 간다고 하는 사람들처럼 하나님이나 부처님이나 알라에게 드리는 기도가 모두 다 이루어진다면 일의 원인이 일의 결과를 이루지 않게 되고, 일의 결과가 원인을 따르지 않게 되어, 온 세상은 게을러지고 온 세상은 소란스러워지고 온 세상은 혼란스러워진다.

그리고 기도를 이루어 준 하나님이나 부처님이나 알라는 부정부패의 대명사가 된다. 그러다 보면 사람들을 그릇된 길로 인도하는 사탄이 되고 마귀가 된다.

이제 우리는 알라나 부처님이나 하나님이 말씀하시는 참된 기도가 뭔지를 알아야 한다. 그것은 다름이 아니라 자기를 위하여 이마에 땀을 흘리는 기도이고 이웃을 위하여 눈에 눈물을 흘리는 기도다. 이것이 자연을 거슬리지 않는 신(神)의 섭리(攝理)다.

얼 그것은 정신 또한 마음

초파일 준비가 한참 진행되는 5월이다. 녹음(綠陰)은 더욱 짙어가고, 땅으로 내려와 먹이를 먹는 산새들의 모습도 예쁘기만 하다. 이렇게 푸른 들판과 산새들이 어우러진 모습은 사람들의 정신 또한 맑고 향기롭게 한다.

한국에서 인간의 얼굴을 왜 얼굴이라고 할까? 얼굴의 '얼'은 한국인의 고대 언어로써 넋을 가리키는 말이지만 현대 언어로는 생각이나 정신의 상태를 가리킨다. '굴'은 한국인의 고대어로써 구멍이나 동굴을 가리키지만 현대 언어로도 구멍이나 동굴을 가리키는 말로써 귓구멍이나 콧구멍이나 눈구멍이나 입구멍을 가리킨다.

그러므로 얼굴이란 '얼'인 생각이나 마음이 '굴'인 눈구멍 귓구멍 콧구멍 입구멍으로 들고나는 곳이다. 그러니 얼굴은 나의 마음 상태를 나타낸다. 즉 마음 상태는 정신이다.

우리가 흔히 쓰는 말로 정신 나간 사람을 보고 "얼빠진 사람이라고 한다."

나이를 먹을수록 얼, 즉 정신을 바르게 잘 지켜야 한다.

참된 자유인이란

참된 자유인이란 자기가 느낀 느낌을 따라 사는 이도 아니고 자기가 생각한 생각을 따라 사는 이도 아니고 자기의 마음에 있는 마음을 따라 사는 이도 아니다. 느낌을 따라 사는 이는 느끼는 내가 먼저 있어 자유인이 아니고 느낌의 노예이기 때문이고, 생각을 따라 사는 이는 생각하는 내가 먼저 있어 자유인이 아니고 생각의 노예이기 때문이고, 마음을 따라 사는 이는 마음에 있는 내가 먼저 있어 자유인이 아니고 마음의 노예이기 때문이다.

이제 참된 자유인이 어떠한 이인지 알겠는가? 지금부터라도 시비분별(是非分別)의 허무함을 알면 된다. 모든 생각, 느낌, 마음은 그저 인연 따라 일어나는 것뿐이다. 마치 연못에 고여 있는 물도 연못에 갇혀 있는 물이 아니기 때문이고, 산 위에서 불어오는 바람도 산 위에서 풀려난 바람이 아니기 때문이다. 오직 시비분별 하는 사람이 연못에 물이 갇혀 있다고 생각하고, 산 위에서 불어오는 바람이 풀려난 바람이라고 생각한다.

생각은 생각일 뿐

우상(偶像)이라는 것이

옴(來)이 있고 감(去)이 있고 머묾(住)이 있는 이는 그가 누구든 형상인 몸이 있는 이라 그를 섬기는 이는 형상이 있는 유형우상(有形偶像)을 섬기는 종교인이고, 옴(來)이 없고 감(去)이 없고 머물음(住)이 없는 이는 그가 누구든 형상인 몸이 없는 이라 그를 섬기는 이는 형상이 없는 무형우상(無形偶像)을 섬기는 종교인이다.

그러므로 법당에 모셔진 부처님은 내가 본래 부처임을 알게 하기에 모셔진 것이지 우상이 아니다. 교회에 모셔진 십자가는 예수님의 사랑을 알게 하기 위해 모셔진 것이지 우상이 아니고, 성당에 모셔진 성모 마리아 또한 사랑을 알게 하기 위해 모셔진 것이지 우상이 아니다.

결국 부처님이나 예수님이나 성모 마리아나 모든 사람의 자비와 사랑일 뿐이다.

자(子)에 대해서

중국에서 큰 스승은 성씨 다음으로 자(子)를 붙여 공자, 맹자, 노자, 묵자, 주자라고 부른다. 이때는 성씨(姓氏) 밑의 자(子)는 '아들' 자(子)가 아니고 '스승' 자(子)로 쓰인다. 이유는 두 글자가 글씨는 같지만 아들 자(子)는 이을 료(了)에다가 한 일(一)을 그은 자로 집안의 대를 이은 아들이고, 스승 자(子)는 깨달을 료(了)자에다가 한 일(一)을 그은 자로 만물의 근원을 깨달은 스승 자(子)이기 때문이다.

그러므로 스승 자(子)는 천지만물의 근원인 하나를 깨달은 큰 스승으로서 자(子)다. 사람은 늘 배워야 한다. 천지만물의 근원인 하나를 깨달을 때까지, 모르는 것은 묻고 배워야 한다. 이러하기에 사람을 비롯한 천지만물은 모두가 스승이 되는 것이다.

마음과 천지만물(天地萬物)

❖

이 세상에 있는 천지만물이 아무리 많아도 한 물건도 눈 밖에 있지 않아 눈꺼풀로 눈을 덮으면 한 물건도 보이지 않고, 이 세상에 있는 천만 소리가 아무리 많아도 한소리도 귀 밖에 있지 않아 손가락 끝으로 귀를 막으면 한 소리도 들리지 않고, 이 세상에 있는 천만 가지 사량(思量)이 아무리 많아도 한 사량도 생각 밖에 있지 않아 손가락으로 몸을 꼬집으면 한 사량도 생각할 수가 없다.

이제 이 세상 천지만물이 천만 소리가 천만 사량이 어디로부터 왔는가? 찾아보는 주체나 찾아야 될 객체나 마음이다. 마음 또한 마음이 마음이 아니고 부르는 이름이 마음이다.

일본의 국보 정호다완

일본의 도자기 부분 국보인 정호다완은 한국에서 만들어진 그릇으로 한국에서는 막사발이라고 부르는 그릇이다. 이 정호다완은 일본을 하나로 통일시킨 풍신수길이 차를 따라 마시던 찻잔으로써 차를 사랑하는 이가 자연을 사랑하는 이고 자연을 사랑하는 이가 차를 사랑하는 이라는, 차를 사랑하는 다인(茶人) 기자에몽에게 내려주었다.

그 후 일본의 지배자가 된 덕천가강이 기자에몽에게 이 정호다완을 달라고 요구하자 기자에몽이 자기 목숨을 드릴 수는 있어도 정호다완을 내려주신 그분의 마음을 내드릴 수 없다며 목숨으로 지킨 자기(磁器)로, 1951년에 국보로 정해져 현재 일본 교토 대덕사에 보관되어 있다.

한국에서는 막사발이었으나 일본의 국보가 된 도자기에는 이러한 정신이 깃들어 있다.

삼강행실도(三綱行實圖)

❖

서기 1431년 가을에 진주목에서 김화라는 이가 아버지를 때려죽였는데, 그의 아버지가 죽어가면서도 "내가 아들을 잘못 가르친 죄로 죽어가나, 내가 아들을 용서하니 누구도 내 아들을 미워하지 말고 처벌하지 말라."고 했다.

이에 김화를 처벌하지 못한 진주목사가 그대로 글로 적어 상소를 올렸다. 세종대왕이 글을 보시고 소헌왕후와 상의를 하니 소헌왕후가 나라가 백성을 가르치지 못해서 이런 일이 생겨났으니 백성을 가르칠 책을 펴내 백성을 가르치라고 말했다.

그 책이 330명 충효자의 행실을 글과 나무 목판 그림으로 펴낸 삼강행실도(三剛行實圖)다. 또한 이 책은 세계 최초로 국가가 국민을 가르치는 평등한 의무교육을 실행한 책자다.

어질 인(仁)에 대하여

중국어 옥편 강희자전(康熙字典)의 마음 심(心) 부 3획 부를 보면 일천 천(千) 자 밑에 마음 심(心) 자가 쓰인 글자가 있는데, 이 글자가 사람 인(人) 편에 두 이(二) 자로 되어 있는 어질 인(仁) 자의 옛날 글자다.

그러므로 옛날의, 어질다 함은 여러 사람이 옳다고 하는 마음이다. 그러나 여러 사람이 소수를 업신여기는 일이 자주 생기자 사람 인(人) 변에 두 이(二) 자를 붙인 어질 인(仁) 자로 바꾸어 썼다.

왜냐하면 인간이 하늘보다도 땅보다도 귀하다는 것을 나타내기 위해서였다. 그러므로 어질 인(仁) 자는 사람이 가장 먼저라는 사람 인(人) 변에다 두 이(二)를 붙인 글자로써 위의 한 일(一) 자는 하늘을 나타내고 아래의 한 일(一) 자는 땅을 나타낸다.

변화는 있어도 변질되지 않는 삶

변치 않는 마음이 불심(佛心)이라면, 변화는 있어도 변심(變心) 없는 생각이 불법(佛法)이다. 또한 변화는 있어도 변심 없는 행동이 승(僧)이다. 즉 변화무상(變化無常)에 적응(適應)은 하되 변질(變質)되지 않는 삶을 사는 것이 참된 인간(人間)이며 불자(佛子)다.

사람 관계가 오래 지속되는 것은 신뢰와 우정이다. 즉 변치 않는 마음이다. 오랜 세월 속에서 변화가 없는 사람은 그만큼 단백하다고 할 수 있지만, 달리 생각해 보면 그만큼 새로운 시도를 두려워하거나 노력을 등한시하고 나태했다는 증거도 된다. 그렇다고 무리한 변화로 너무 지쳐있는 삶을 강조하지는 않겠다.

그런데 발전된 변화는 좋지만 욕심에 끌려 지나친 변화로 변질된 사람은 되지 말아야 한다. 이러한 변질된 변화는 오히려 변화하지 못함만 못하다. 이런 변질된 변화를 가져오는 것이 탐진치(貪瞋痴)다. 탐욕에 물들지 않는 것이 계(戒)를 잘 지키는 것이고, 욕구불만을 이겨내 화를 내지 않는 것이 안정(安定)에 들어가는 정(定)을 잘 유지한 것이고, 욕심을 이겨내어 화조차 낼 필요가 없어서 어리석지 않은 마음을 지니는 것이 혜(慧)가 된다. 이러한 이치를 알아 변화는 있어도 변질되지 않는 삶을 살아야 한다.

해본 만큼 알고 아는 만큼 보인다

❖

어느덧 1년의 반이 지나버린 7월 1일 밤이다. 사람이 무언가를 해 본다는 것은 때로 두려움도 되고 설렘도 된다. 두려움은 해 보지 않은 일을 잘 할 수 있을까 하는 염려의 마음이고, 설렘은 새로운 것을 접하고 성취함을 기대해 보는 기쁨의 마음이다.

이렇게 두려움과 설렘을 논하기 전에 세상이란 하고 싶은 것만 하고 살 수 있는 것도 아니고 잘하는 일이 나에게만 있는 것이 아니다.

하고 싶은 것만 할 수 없기에 하기 싫어도 해야 할 일은 해야 하고, 잘하는 일이 나에게만 있는 것이 아니기에 못하는 것도 필요하고 아쉬우면 배워야 한다.

그러다 보면 해 본 만큼 알고 아는 만큼 보인다.

은적사에 살아계신 보물

❖

며칠 동안 지속되던 장마가 멈춘 7월 초순이다. 여름철은 풀과의 전쟁이다. 심한 표현으로 뽑고 뒤돌아보면 다시 나 있는 것이 풀이다. 특히 산사의 절도량은 이루 헤아릴 수 없다.

이런 절도량을 늘 깔끔하게 정리하시던 임영택 거사님 뒤를 이어 보광(김성호) 거사님도 늘 정리를 하신다. 그밖에 절의 궂은일들도 다 하신다. 그러면서도 얼굴 모습은 온화하고 평화로우시다.

또한 우리 절 대원심(정수옥) 보살님은 한식, 일식, 중식 조리사 자격증을 다 가지고 계시다. 이런 분이 우리 절 은적사 공양주로 계셔서 공양시간이 즐겁기만 하다. 물론 자격증 없이도 잘 하시는 분이야 계시지만 대원심 보살님 정성은 남다르다.

본인이 해준 음식을 스님을 비롯한 모든 분들이 맛있게 드셔주는 것은 요리하는 사람으로서 기쁜 일이지만, 은적사는 점심시간만 공양을 해주기로 했는데 아침밥까지 챙겨 주시느라 무척 정성을 들이신다. 그런데도 그저 즐거우시단다. 참 보물 같은 분들이시다.

이분들의 모습을 보고 나면, '나처럼 게으른 수행자가 재가불자님들 열심히 하시는 것만 보고 수행(修行)해도 수행에는 차질이 없을 것'이라는 생각이 든다.

그렇다! 일을 직업으로 하면 힘이 들지만, 소명으로 하면 즐거운 일이 되는 것이다.

세상과 나

누구도 이 세상에 태어나기 전에 이 세상이 있다고 한 이는 하나도 없고, 누구도 이 세상을 떠난 후에 이 세상에 있었다고 하는 이는 하나도 없다.

알고 보면 살아있는 인간을 비롯한 모든 만물이 그대로 이 세상이고, 이 세상이 그대로 살아있는 만물의 영혼체이다. 그러므로 모든 세상과 만물은 살아있을 때 존재를 느낀다. 인간(人間)이란 뜻이 사람이 사는 곳, 세상이라는 뜻도 된다.

"응애" 하고 태어날 때부터 "푸우" 하고 죽을 때까지 나도 변하고 세상도 변하지만 누구나 이러한 이치를 벗어날 수 없으니 이러한 변화무상에 미련일랑 두지 말아야 한다. 이러한 미련이 이 세상에서 저 세상에 갈 때 짐이 될 뿐이다.

큰스님 가시고

입추(立秋)를 하루 지나고 매미가 우는 아침이다. 금산사(金山寺) 조실(祖室)이셨던 태공당(太空堂) 월주(月珠) 스님이 돌아가신 지 2주가 넘고 며칠이 지났다.

세계적으로 어려운 나라에 도움을 주고자 '지구촌공생회'를 창립하셔서 식수 제공을 위해 우물도 파주시고, 교육을 위해 학교도 지어주시고, 자립을 위해 농사짓는 법도 양성해 주셨는데, 한국뿐만 아니라 세계적으로 귀감이 되시던 국가원로 큰스님이셨다.

내가 출가(出家)하여 계(戒)를 받고 처음으로 인사드릴 때 "법명이 무엇이냐?" 물으셔서 "석초입니다."라고 말씀드렸는데, 그 뒤로 찾아뵐 때면 "응, 석초 왔어!" 하고 반갑게 맞이해 주셨다. 스님 제자들이 백여 명이 넘는데도 한번 법명을 들으면 다 기억하시고, 일반인들 인사를 받고 이름을 들어도 거의 잊어버리는 일이 없으실 정도로 총기가 아주 좋은 분이셨다. 현재 동국대 이사장 스님이시고 큰스님 상좌인 성우 스님께서도 젊어서 큰스님을 뵈었을 때 "눈의 총기(聰氣)가 너무 뛰어나시어 도인(道人)인 줄 아셨다"고 하셨다.

내가 송광사 강원에 재학 중일 때 송광사의 어른이신 효봉 큰스님 상좌 법흥 큰스님을 시봉(侍奉)한 적이 있다. 한국 승가에서 암기력의 대가 하면 법흥 스님이셨다. 이 어른은 신문사설을 한 번 읽으시면 그 내용이 그대로 두뇌 속에 저장되는 분이셨다. 가끔 대중이 모여 바루공양 때 말씀을 하시면 몇 년도 몇 월 몇 시에 무슨 사건이 어떻게 일어났고 어떠했다 하시는 것이 살아있는 컴퓨터와 같으셨다. 이 어른이 저에게 "자네 노스님은 컴퓨터야. 그리고 지혜도 대단하신 분이야!"라고 말씀을 하시곤 하셨다.

명절이 되면 큰스님 거주하시던 만월당(滿月堂)에서 인사드리곤 했는데 이제는 인사도 못 드리니 가슴만 아프다. 그러나 가신 분은 가신 분이고 아직 남아 있는 나는 수행(修行)에 매진해야 한다.

지금도 바깥에는 매미가 울고 있다. 하루살이가 어떻게 내일을 알 것이며, 한철 매미가 어떻게 다음 철을 알 것이며, 닦지 않는 이가 어떻게 다음 생을 알 것인가!

선과 사색과 명상

불교의 선(禪)은 사색(思索)도 아니고 명상(冥想)도 아니다. 사색은 생각인 언어로써 이루어져 하나의 지식을 이루는데, 선(禪)은 생각인 언어마저도 버림으로써 어리석음도 지혜로움도 벗어나야 하기 때문이다. 명상은 움직임이 없는 고요로 이루어져 고요라는 하나의 상을 이루는데, 선은 그 고요라는 상마저 버림으로써 무념무상에 이르러 고요도 벗어나고 행위도 벗어나고 무위도 벗어나야 하기 때문이다.

중생의 삶은 희로애락(喜怒哀樂)의 삶이지만 부처의 삶은 희로애락을 벗어난 상락아정(常樂我淨)의 삶이다. 희로애락은 정에 얽매여 살지만, 상락아정은 이러한 정이 윤회의 사슬이 되고 삶의 짐이 되기에 부처는 즐거움도 좇지 않고 괴로움도 좇지 않는다. 그러니 기쁨도 한순간, 성냄도 한

순간, 슬픔도 한순간, 즐거움도 한순간이니 이러한 순간에 집착하지 않으면 고요함이 저절로 된다.

지금도 바깥에는 가을비가 내리고 있다. 이 비 또한 희로애락이 없는 인연 따라 내리는 선사(禪師)의 가르침이다.

신(神)에 대하여

❖

중국의 옥편 강희자전(康熙字典)의 보일 시(示)부 11획을 보면 두루 순(旬) 자 밑에 또 차(且)로 쓰인 글자가 있는데 이 글자가 보일 시(示) 변에 펼 신(申)으로 이루어진 귀신 신(神) 자의 옛날의 글자라고 되어 있다.

원래는 두루 순(旬) 자 밑에 할아버지 조(祖)로 이루어진 글자가 옛날의 귀신 신(神)자로써 두루두루의 할아버지를 나타낸 글자인데, 중국 청나라 강희 황제가 자기 나라의 옥편을 만들면서 보일 시(示) 변에 두루 순(旬)과 또 차(且)로 만든 것이다.

그러므로 동양인의 신(神)은 인간이 신이고 신이 인간이라는 신인일치사상(神人一致思想)의 신이다. 즉 동양인의 신(神)은 조상을 가리키는 신으로서 민족의 신이고 두루두루 자손을 보살피는 할아버지를 가리키는 것이다.

그래서 우리가 가정에서 제사(祭祀를 지낼 때 현고학생부군신위(懸考學生府君神位)라고 위폐(位牌)를 쓴다. 여기서 신위(神位)는 사람이 죽으면 '돌아가셨다'라는 뜻과 같다. 즉 선망부모(先亡父母) 조상님이 되셨다는 뜻이다.

신은 사람이 살아있을 때도 정신(精神)이라 하여 마음속에 있는 것이고, 죽어서는 귀신(鬼神)이라 하여 신(神) 자를 벗어나지 못한다. 그러니 외부에서 신(神)을 찾는 사람은 자기 손 안에 방 열쇠를 가지고 열쇠를 찾지 못해 방에 못 들어간다고 하는 것과 같다. 주변에 이런 사람들이 있으면 빨리 정신(情神) 차리라고 하고 본인 손에 있는 방 열쇠를 알려주어야 한다. 그러면 본인이 본인 방에 들어 갈 수 있다.

우리나라 국기와 국화

이 세상에서 국기(國旗)와 국화(國花)가 나타내는 상징성이 똑같은 나라는 오직 하나 한국밖에 없다. 태극기 가운데 있는 태극 색의 홍색과 청색이 국화인 무궁화 꽃이 가지고 있는 꽃 속의 청색과 꽃 갓의 붉은색과 하나도 다르지 않기 때문이고, 태극기의 네 모서리에서 천지오행의 움직임을 나타내는 건감이곤(乾坎離坤)이 무궁화 꽃의 다섯 꽃잎이 금목수화토(金木水火土)로서 천지오행(天地五行)의 움직임을 나타내는 것과 하나도 다르지 않기 때문이고, 태극기(太極旗)의 태극(太極)이 6의 형체(形體)로서 9의 형체로서 지구의 자전같이 왼쪽으로 움직이는 것이 무궁화 꽃의 다섯 꽃잎이 왼쪽으로 돌아서 피는 것과 하나도 다르지 않기 때문이다.

화에 대하여

❖

양력으로는 9월 초순, 안개가 자리를 잡은 은적사(隱寂寺)의 아침이다. 맑고 화창한 날 산새 소리는 경쾌하고 싱그러우나, 안개 낀 날 산새 소리는 미지의 메아리 같다.

아침 이슬이 맺힌다는 백로(白露)가 며칠 전에 지났는데 여전히 내 방은 더위를 달래기 위해 선풍기가 돌고 있다. 이젠 우리나라도 아열대로 접어들어 간다. 아직도 덥다고 화낼 일은 아니다. 엄연히 우리가 과한 욕심으로 만들어 낸 환경일 뿐이다.

이렇듯 살면서 화내는 일은 없어야 되는데 그렇지 않을 것이다. 그런데 사람들은 화에 대해서 얼마나 생각할까?

첫째, 화는 욕구불만이다. 본인의 욕망에 만족을 못해서 나온다. 이런 분들의 대인관계 특징은 상대가 불만을 일으키게 한다고 하지만, 반면에 상대를 본인의 욕구에 맞추려

했는지를 엄연히 생각해 보아야 한다.

둘째, 노력한 만큼 결과가 안 나온 경우도 그렇다. 하지만 이것도 무작정 화낼 일은 아니다. 어떻게 노력했는지 방법론도 생각해 보아야 한다. 방법도 어긋나지 않았다면 아직까지는 때가 아니거나 본인의 능력이 부족함을 인정해야 한다. 또한 노력한 만큼 목표치에 가고 있으니 이것으로 만족하면 된다.

셋째, 상대에게 해준 만큼, 희생한 만큼 대가를 받기는커녕 오히려 상대가 불만을 터트리는 경우도 그렇다. 이것도 알고 보면 그 사람 근성이 문제지, 나하고는 상관없는 것이다.

넷째, 상대로부터 무시당했을 때 일어나는 화다. 그러나 이것도 돌이켜 생각해 보라. 인성을 제대로 못 갖춘 상대가 문제지, 무시당한 나는 문제는 되지 않는다. 다만 등이 간지러우면 등을 긁어주는 손이나 기구가 필요하듯이 문제가 되지 않은 나도 화는 일어나기 마련이다. 그렇다면 억울함과 잘못을 지적하며 화를 낼 수 있다. 하지만 상대가 받아들이지 않으면 그것으로 끝내라! 화를 또 내봤자 오히려 손해다.

결국 화를 다스리지 못하는 본인을 탓해야지 화만 내고 세상을 살아간다면 세상살이가 제대로 되지는 않는다.

삶의 조화

수려한 풍경화가 펼쳐지는 가을은 아니지만, 아직까지는 낙엽을 쓸어 담는 계절이다. 세계적인 풍경화로 서양인이 자랑하는 그림은 프랑스 화가 밀레가 그린 〈만종〉이고 동양인이 자랑하는 그림은 한국의 안견(安堅)이 그린 〈몽유도원도(夢遊桃圓圖)〉다.

만종은 눈에 보이는 자기의 집 앞에 펼쳐진 들녘의 저녁 교회 풍경을 그린, 즉 생활을 그린 그림이고, 몽유도원도는 눈에 보이지 않는 안평대군(安平大君)의 꿈 이야기를 듣고 천도화(天桃花)가 피어있는 꽃동산을 그린, 즉 꿈을 그린 그림이다. 즉 밀레의 만종은 이상적인 삶보다는 현실적인 삶을 표현하고, 안견의 몽유도원도는 현실적인 삶보다는 이상적인 삶을 표현하였다.

사람들의 삶이란 현실이 즐거우면 이상적인 삶을 꿈꾸지

않고, 현실이 괴로울 때면 이상적인 삶을 꿈꾼다. 이상적인 삶을 꿈꾸는 것도 잠시만의 시간이 되어야지 오래 되면 현실의 일에 지장만 준다.

그래도 사람은 누구나 괴롭고 외로울 때 내쉬는 한숨도 있고, 슬플 때 흘리는 눈물도 있고, 힘들고 고단할 때 몸부림치는 신음도 낼 수 있다. 또한 사랑할 때 미성도 부르짖는다. 기쁘고 즐거우면 춤이 추어지는 흥겨움도 갖는다.

알고 보면 현실 또한 괴롭든 즐겁든 그 순간마저도 지나가는 꿈과 같다. 음식 맛도 오감이 분명히 존재하는데, 인생 맛도 즐겁고 기쁜 일만 있기를 바라는 것이 욕심이다. 그래서 어려운 일이 있을 때 불행 중 다행이라는 말이 있지 않은가! 삶의 조화란 행복 속에 감사하고 어려운 일 속에 불행 중 다행이라 생각하고, 힘든 고난도 언젠가는 지나가니 잠시 쓰러져 있는 내가 다시 일어날 수 있다는 생각으로 열심히 사는 것이다.

자비(慈悲)와 정의(正義)

사람 중에는 잘못된 일을 스님들이 바로 잡으려 들면 자비(慈悲)가 없다고 반발하는 지능적인 사람이 있다.

자비란 사람을 비롯한 모든 만물을 변함없이 보살피는 마음이고, 정의란 잘못된 것을 바로잡는 마음이다. 잘못을 바로잡지 않으며 자비한 마음을 내는 것은 정의에 위배되는 그릇된 행위다.

때로는 알고도 속아준다. 이렇게 알고도 속아 줘서 나중에 뉘우치는 사람이 있으면 자비실현이 잘 된 것이다. 하지만 알고 속아줘도 뉘우침이 없고 나쁜 습관을 고치지 못한다면 이것은 당연히 그릇된 잘못을 잡을 수 있을 때 잡아야 한다.

자비가 없는 세상은 삭막하고 살벌하고 매정하며, 정의가 없는 세상은 위계질서가 무너져 사회가 혼란하다. 고로 자비(慈悲)와 정의(正義)는 명확히 구분되어야 한다.

666

비가 추적추적 내리는 9월말 저녁이다. 성경은 666이라는 숫자로 많은 말을 하고 있다. 열왕기에서는 솔로몬이 666을 행운이 들어오는 축복의 숫자로 표현하고, 요한계시록에서는 요한이 마귀의 숫자라고 표현했다. 그러면 과연 666이 주는 이치를 자연과학과 종교에서 어떻게 설명하는지 서술해 보고자 한다.

지구는 태양을 중심으로 왼쪽으로 자전(하루 도는 것)과 공전(1년 도는 것)을 한다. 이와 같이 사람을 비롯한 동물들도 어머니 자궁에서 나올 때 왼쪽으로 돌면서 나온다. 숫자 6(육)을 보라! 만약 시작점으로부터 6이라는 숫자를 써나가면 나가는 방향이 왼쪽으로 돌게 되어 있다. 식물들도 꽃잎이 왼쪽으로 돌면서 핀다.

어렸을 때 손주가 배가 아프면 할머니가 손주 배를 손으로 만지며 "할머니 손은 약손" 하시면서 돌리신다. 이때 할머니가 손 돌리는 방향은 6자의 반대 방향이지만, 손주 등 뒤에서 할머니가 손 돌리는 방향을 보았을 때는 엄연히 6자 모양의 왼쪽 방향으로 돌린다. 그러다 보면 아팠던 손주 배가 낫는 경우가 있다.

이것을 토대로 본인이 속이 좀 안 좋은 경우 오른손으로 본인의 배를 어루만지면 돌리는데 이것도 돌리는 방향이 6자 반대 방향이지만, 본인의 등 뒤에서 바라본 방향은 6자를 그리면서 도는 왼쪽 방향이다. 아니면 본인이 배가 아플 때 무의식적으로 배를 만지며 손을 돌리는 방향을 거울에 비추어 보라. 그러면 엄연히 6자 모양을 그리며 왼쪽으로 돌리고 있다. 즉 생명의 탄생 방향과 생명의 기 순환 방향이다. 이러한 뜻이 6자 속에 들어 있다.

하늘에서 내리는 눈도 입자를 살펴보면 6개다. 물도 생명수로 표현하는 것이 6각수다. 사람의 세포 입자도 6개다. 양파 입자도 6개다. 그리고 6은 새로운 시작의 의미도 있다. 예를 들면 사람의 손가락은 5개다. 그러면 오른쪽이든 왼쪽이든 손가락으로 숫자를 센다고 생각해보자! 1에서 5까지 셀 때는 손가락을 구부리면서 센다고 가정했을 때 6부터는 손가락을 다시 펴야 한다. 성경적 해석으로는 부활의 의미가 6에 해당된다. 불교적 입장에서는 다시 하나로

온 것이다. 왜냐하면 1에서 5까지 셀 때는 하나가 구부려진 것이 처음 시작이지만 6부터 10까지 셀 때는 구부러진 손가락을 처음 피는 것이 6이다. 그래서 처음 시작해서 마무리가 되면 다시 처음부터 시작되니 이것이 공(空)이면서 만법귀일(萬法歸一)인 즉, 비워 있으면서 모든 것이 처음 시작인 하나로 돌아간다.

이러한 6의 숫자가 3개로 되어 있는 것이 666인데 이때의 의미는, 성경에서는 첫째 6은 하나님의 생명의 움직임이고, 둘째 6은 하나님의 형상이며, 세 번째 6은 부활의 의미다.

불경에서도 대승기신론을 쓰신 마명 스님께서 당신의 제자들에게 법문을 설하시는데 마음의 체성은 본래 텅 비워 있어서 누구나 평등하니 공(空)이라 하였고, 이렇게 공하여 마음은 있고 없음을 벗어나 있다. 그러나 쓰임은 있으니 이를 용(用)이라 했고, 이렇게 본래 공(空)한데 쓰임이 있으니 묘(妙)하다 하며 마음을 공용묘(空用妙)로 표현하시니, 제자들이 이러한 것이 666과 같다고 말씀을 하시는데 첫째 6은 공(空)이요 둘째 6은 용(用)이요 셋째 6은 묘(妙)라고 하셨다는 기록도 있다.

무엇을 가지고 내 것이라 하리요!

내가 날마다 숨을 쉬었던 공기 한 홉도 내 것이 아니었고, 내가 날마다 마시던 물 한 방울도 내 것이 아니었고, 내가 날마다 먹던 밥 밥알 하나도 내 것이 아니었고, 내가 날마다 환하게 살았던 햇빛 한 가닥도 내 것이 아니었고, 내가 날마다 보고 듣고 살았던 천지만물(天地萬物) 한 물건도 내 것이 아니었다. 여기에 나라고 하는 나도 이 세상에 태어나서 생각이 만든 나다. 그러니 어느 누군가가 죽어도 그가 이 세상에 남기는 것도 없고 이 세상을 떠나는 것도 없다.

이러한데 왜 속가인(일반 사람)은 유언장을 쓰고 출가인은 열반송을 쓰는가? 태어날 때 어떠한 출생송도 쓰지 않은 것을 모르기 때문이다.

불법승(佛法僧)에 귀의(歸依)

불교인은 누구나 부처님을 불보(佛寶)라고 하고, 팔만대장경을 법보(法寶)라고 하고, 스님을 승보(僧寶)라고 하면서 이 삼보(三寶)에 귀의(歸依)한다고 하는 것은 본래의 자기로 돌아가는 것이라고 한다.

참으로 이와 같으니 불교는 인간을 가장 귀하게 여기는 인본주의적인 종교다.

누구나 그의 마음이 애증(愛憎)을 벗어나면 부처이고, 누구나 그의 생각이 시비(是非)를 벗어나면 팔만대장경이고, 누구나 그의 언행이 선악(善惡)을 벗어난 청정무위(淸淨無爲, 청정하고 생색이 없는 행)의 행을 하면 스님이기 때문이다.

선별(選別) 차이(差異) 차별(差別) 평등(平等)

10월도 얼마 남지 않은 가을이다. 오늘은 금산사(金山寺)에서 열반(涅槃)하신 금산사 조실(祖實) 스님 태공(太空) 월주 대종사(月珠 大宗師) 100재(齋)를 마쳤다. 그런 다음 금산사에 문중회의(門衆會議)를 가지고 토론하던 중 일부 사람들이 사부대중(四部大衆) 위계를 무너트리려는 경향이 아직도 남아 있다는 얘기가 있어서 이 문제에 대해서 생각해 보기로 한다.

모든 삼라만상(參羅萬像)은 천차만별(千差萬別)이고 각양각색(各樣各色)이다. 그래서 차이가 있다. 사람도 남녀구분할 것 없이 이러한 차이에서 벗어날 수 없다. 그러니 불자(佛子) 또한 그러하다. 불교에서는 이러한 차이를 업(業)의 차이로도 구분(區分)한다.

사부대중 하면 비구 비구니 우바새(청신사, 淸信士) 우바이(청신녀, 淸信女)를 얘기한다. 부처님께서는 이렇게 구분하셔서 위계를 세우셨다. 이러한 구분은 각각의 차이를 알아 평등하게 위계를 잡은 부처님의 선별적(選別的) 평등(平等)이다.

그런데 일부 비구니 스님 중에 비구 비구니의 구분을 남녀평등(男女平等)에서 어긋나는 차별로 단정 짓는다. 이러한 생각은 차이(差異)와 차별(差別)을 구분 못 짓는 잘못된 견해(見解)다.

마음의 출현(出現)

누구나 마음을 문자로 나타내면 글이 되고, 이 글을 함축하면 시(詩)가 되고, 누구나 마음을 색깔로 나타내면 그림이 되고, 누구나 마음을 형상으로 나타내면 조각이 되고, 누구나 마음을 소리로 나타내면 말이 되고 거기에다 곡을 붙이면 노래가 되고, 누구나 마음을 율동으로 나타내면 춤이 된다.

이젠 무엇이 나타나 이렇게 마음이 되었는지 알겠는가? 다시 물으면 이렇게 두 손을 모으겠다. 꽃이 피면 꽃이 핀 만큼 허공처럼 자리를 내어주어 피어나게 하고, 잎이 지면 잎이 진 만큼 허공처럼 자리를 차지하여 지게 하기 때문이다.

비너스

❖

세계적인 화가 이탈리아의 보티첼리는 세계 최초로 벌거벗은 여인인 비너스의 탄생을 그렸다. 그러나 이렇게만 아는 이는 벌거벗은 여인을 그린 보티첼리를 모르는 사람이다.

보티첼리는 벌거벗은 여인을 그린 것이 아니라 종교에 구속이 되지 않는 종교로부터 벗어난 여인의 자유를 그린 것이고, 법률을 논하지 않아도 법률에 어긋나지 않는 법률로부터 벗어난 여인의 자유를 그린 것이고, 윤리를 얘기하지 않아도 윤리로부터 어긋나지 않는 여인의 자유를 그린 것이고, 도덕을 논하지 않아도 저절로 도덕이 되는 강조하지 않는 도덕으로부터 벗어난 여인의 자유를 그린 것이기 때문이다.

이것이 끝없는 사랑인 자비(慈悲)다.

삼법인(三法印)

불교에서 세 가지 진리라고 하는 삼법인(三法印)은 제행무상(諸行無常) 제법무아(諸法無我) 열반적정(涅槃寂靜)으로, 그 이면에는 불교가 평등의 종교, 자유의 종교, 평화의 종교라고 온 인류에게 선포하는 것이다.

불교가 이 세상의 모든 것에 상이라고 하는 상이 없다고 한 것은 모든 것이 평등하다고 한 것이고, 불교가 이 세상의 모든 것에 나라고 하는 내가 없다고 한 것은 모든 것이 나를 내세우지 않으면 자유롭다고 한 것이고, 불교가 이 세상의 모든 것에 고요라고 하는 고요도 없다고 한 것은 고요도 하나의 바람이 되면 시끄러움에 다툼이 되기에 고요라는 생각마저 놓아 버린다면 모든 것이 평화롭다고 하는 것이기 때문이다.

서기(西紀) 연호 시작 그리고 단기(檀紀)

서기(西紀)라고 하는 연호(年號)를 처음 사용한 사람은 1851년 9월 25일에 중국 대륙에 하나님의 나라인 태평천국란 나라를 건설한 홍수전이다. 예수는 서양에서 태어난 여호와 하나님의 아들이고 홍수전 자신은 동양에서 태어난 여호와 하나님의 아들이므로, 서양에서 예수가 태어난 해를 원년으로 하는 서기(西紀)라고 하는 연호를 써야 하고 동양에서는 홍수전 자기가 태어난 해를 원년으로 하는 동기(東紀)라는 연호를 써야 한다 생각했다. 하여 모든 년을 서기(西紀)로 동기(東紀)로 사용했다.

한민족은 누구나 단군왕검이 나라를 세운 해를 원년으로 하는 단기라는 연호를 써야 한다고 가장 먼저 주장한 사람은 고려의 문신 백문보다. 백문보는 고려의 공민왕이 그의 아들 우를 가르치게 한 우의 스승이면서도 공민왕에게 원제국으로부터 독립된 자주적인 민족국가의 정신을 갖게 한 이로서, 공민왕에게 한민족을 하나로 만드는 길은 오직 하나 나라의 연호를, 단군왕검이 나라를 세운 해를 단기로 정하여 쓰는 것이라고 건의한 이다.

올해는 단기 4354년이다. 어쩔 수 없이 서기를 쓰더라도 단기를 잊어서는 안 된다.

관념(觀念)에서 벗어나기

인간과 인간이 서로 약속한 소리인 말을 만들어 쓰기 전에는 하나님도 하나님이 아니고 부처님도 부처님이 아니고 알라도 알라가 아니었고, 인간과 인간이 서로 약속한 기호인 문자를 만들어 쓰기 전에는 성경도 성경이 아니고 불경도 불경이 아니고 코란도 코란이 아니었다.

말이나 문자나 알고 보면 관념에서 시작된 것이다. 이러한 관념을 일으키기 전을 보는 것이 본 자리를 보는 것이다. 하지만 어리석은 중생들은 관념 속에 빠져서 관념에 관념을 일으키며 관념 속을 헤매고 있다. 이것이 바로 번뇌망상(煩惱妄想)이다.

오직 관념을 내려놔 보라! 그러면 마음도 부르는 이름이 마음일 뿐임을 알 것이다.

욕심과 기도는 구분되어야 한다

세상일이 기도만 하면 이루진다고 생각하면 누가 노력을 할 것인가! 마치 수험생이 평소에 공부는 안하고 벼락치기로 좋은 성적을 잘 받으려는 것과 같다. 이것은 인과응보의 부정이 되어 사회도 혼란스럽고, 소란함도 피해가기 힘들다.

또한 노력의 중요성이 떨어져 노력하지 않고 요행만 일삼아 게으름의 원인이 될 수 있다. 노력이 없는 좋은 결과는 원인과 결과를 무의미하게 만든다. 결과가 또한 원인을 따르지 않게 되어 진리를 외면하게 되고 세상을 불평등으로, 정의를 소란으로, 순리를 혼란으로 만든다. 기도는 내가 무엇을 하려고 노력하면서 하는 것이지, 게으르고 방종한 나를 편안하고 안락하게 하려는 것이 아니다.

또한 하지 말아야 할 일을 하면서 이루어 달라고 하는 기도는, 하지 말아야 할 일을 하였기에 당연히 좋지 않은 과보를 받아야 한다. 만약 하지 말아야 할 일을 하면서 기도 성취가 됐으면 이 기도는 좋지 않은 과보를 더 심하게 받아야 된다는 결론이 진리다.

결국은 욕심과 기도는 구분되어야 한다.

조용히 빛나는 삶을 위하여

아직까지 더운 입추가 오기 전 소낙비가 내리는 여름 아침이다. 사람은 누구나 남에게 인정받고 싶고, 때로는 내세우고 싶은 욕망이 있다.

하지만 자기 자신에게 물어보라. 누가 자신을 제일 잘 아는가! 바로 자기 자신이다. 아무리 남이 나를 잘 알아봤자, 자신이 자기를 아는 것보다 못한 것이다.

인정받고 내세우고 싶은 마음보다, 부족한 자신을 잘 관찰하고 남에게 배울 것이 있는가를 살펴보고 본인의 그릇된 행동을 수정하라. 그래도 인정받고 싶은 욕망은 자기 자신의 발전을 도모하기 때문에 유익한 점은 있으나, 심하면 본인이 괴롭다. '내세움'이란 마음속에 '나 잘 났소!'가 숨어 있기에 남보다 우월하다는 느낌을 주므로 늘 조심해야 한다.

물론 적당한 자기 알림과 본인의 장점 소개는 호감의 대상이 될 수도 있다. 이것 또한 엄연히 분위기와 장소를 구분해야 한다. 그래서 조용히 빛나는 삶을 사시는 분들이 아름답다.

"조용히 빛나는 삶은 남에게 인정받으려 하지 않아도, 남에게 내세우지 않아도 관심이 되는 사람들의 삶이다. 마치 명품은 광고를 하지 않아도 사람들이 알듯이 말이다."

오늘따라 삼국지의 도원결의(桃園結義)가 생각난다. 도원결의가 주는 교훈은 용장(勇將)은 지장(智將)에게 고개를 숙이고, 지장은 덕장(德將)에게 고개를 숙인다. 덕장이야말로 조용히 빛나는 삶을 사는 사람이 아닐까.

생각은 생각일 뿐

❖

새벽공기가 무척 차가운 12월 초겨울이다. 이맘때가 되면 한 해의 일들을 생각하며 생각을 추스르기도 하는 것이 더 깊어진다.

사람들은 좋았던 일이건 싫었던 일이건 한때의 인연으로 이루어졌다가 사라지는 꿈과 같은 것인데 그 꿈속에 사로잡혀 현재의 본 자리를 이탈하는 경우가 있다. 생각이란 잠자지 않고 꾸는 꿈이다. 그나마 좋았던 추억은 마음에 희열을 주기도 하지만, 섭섭하고 속상했던 기억은 굳이 생각하지 않으면 아무렇지도 않은데 스스로의 생각으로 스스로를 괴롭힌다. 그러니 생각은 생각일 뿐임을 알아야 한다.

사람들은 종종 스스로 생각하고 화를 내고, 스스로 생각하고 웃기도 하는 경향이 있다. 이러한 현상은 현실을 잊은 채 과거나 미래로 가는 현상이다. 과거는 후회와 섭섭함과 아쉬움이 많고, 미래는 그래도 희망을 실어 가는 생각의 세계다. 더욱이 희망이 없는 사람은 미래의 생각도 곱지는 않을 것이다. 하지만 현재의 현실을 잊어버리고 과거나 미래로 생각을 보내면 현재마저 허무하게 만들어 현재가 없는 삶을 사는 것뿐이다.

그나마 생각대로 일을 이루려면 현실에 집중하라! 방 청소를 누구나 해보지 않았던가! 쓰레기는 당연히 버린다. 현실에 도움이 되지 못한 생각은 당연히 버려야 한다.

생각을 찾아서

겨울철이라 해도 눈이 오지 않았는데 며칠 전 눈이 왔다가 이제는 다 녹아 없어졌다. 예전 같으면 흔하게 보는 눈이 겨울에도 귀하게 되어 버렸으니 앞으로는 설경을 감상하는 맛이 점점 줄어들 것이다. 그나마 낙엽은 겨울이 지나고 봄철이 되어도 썩지 않은 지가 오래되어 입춘이 지나 월명공원 밤길을 걸으면 지금이 봄철 밤인지 가을철 밤인지 실감이 되지 않는다. 산성화된 기후로 썩지 않은 낙엽 때문이다.

이렇게 계절도 철이 없으니 나를 비롯하여 사람들도 계절 따라 철이 없어지는 것 같다. 이것은 어디까지나 서로 웃어보자고 하는 나의 생각이다. 그러면 또 생각에 대해서 생각해 보자. 생각은 외부에 대한 반응이고 기억에 대한 반응, 상상에 대한 반응이 생각이다. 그러나 이왕이면 현재 상황에 대한 제대로 된 반응이 바로 정견(正見)이고 정사(正思)다. 정견 속에는 거품이 없고 정사 속에는 사견이 없다.

알고 보면 남에게 속는 것보다 본인의 삿된 사견이 본인을 더 많이 속인다. 이러한 삿된 견해가 심병(心病)이 된다. 심병이 깊어지면 신경성 질환으로 인한 신경병(神經病)이 된다. 신경병이 깊어지면 정신병(精神病)이 된다.

생각을 잘못하여 정신병까지 가는 것이 나은 것인가, 생각을 바르게 하여 정신을 건강하게 하면서 사는 것이 나은 것인가? 생각은 오직 자신에게 달려 있다.

스트레스로부터 해방

사람들은 일에 장애를 느끼고 대인관계가 막히고 장애가 되는 사람을 만나면 스트레스를 느낄 것이다. 그럼 돌이켜 생각을 해 보자.

코를 푼 종이를 주머니에 넣고 다니는 사람이 있을까? 똥 싸고 밑 닦은 종이를 주머니에 가지고 다니는 사람이 있을까? 그런 사람은 없다. 똥은 거름이라도 되지만 스트레스는 거름도 안 된다.

스트레스를 누군가가 준다고 하는데, 누군가가 독약을 주고 먹으라고 하면 받아먹는 사람이 있는가? 당연히 없다. 결국은 스트레스를 받고 안 받고도 본인에게 달렸다.

무슨 말일까요?

아무리 맛있는 음식을 많이 먹어도 마음이 허전하면 배가 불러도 마음은 허덕이고, 아무리 많은 지식을 배워도 본성을 모르면 지식은 지게에 실은 등짐에 불과하고, 자기가 잘났다고 내세우는 것은 자기의 못난 면을 모르고 하는 말이고, 본인이 아름답다 얘기하는 것은 본인이 곱지 못한 것을 가리는 것에 불과하고, 본인이 깨달았다고 하며 설명하는 것은 아직도 깨달았다는 생각이 깨달음을 가리는지 모르고 얘기를 하려는 것에 불과하다.

이제는 모름도 모른다는 것을 안다면 아는 것이고,

아는 것도 안다는 생각에 불과함을 안다면,

앎도 모름도 벗어난 그 자리에 들어갈 것이다.

진리

❖

눈을 감고 잠을 자면서 꾸는 꿈은 생시가 아니니 눈을 뜨고 잠에서 깨어나면 없어지고 눈을 뜨고 잠을 자지 않고 꾸는 꿈은 생시지만 눈을 감고 잠이 들면 없어진다.

그러므로 꿈에서 깨달은 진리는 눈을 뜨고 잠에서 깨어나면 없어지는 진리고 생시에 깨달은 진리는 눈을 감고 잠이 들면 없어지는 진리다.

그렇다고 깨달음이 없는 깨달음이 참된 깨달음이라고 하는 이는 그가 누구이든 참된 깨달음을 모르는 이다.

이는 서산으로 지는 해도 달도 잠을 자는 것이 아니고 동산에 떠오르는 해도 달도 잠에서 깨어난 것이 아니기 때문이다.

녹명(鹿鳴)

녹명이란 '사슴 록(鹿)에 울 명(鳴)' 즉 먹이를 발견한 사슴이 다른 배고픈 사슴들을 부르기 위해 내는 울음소리다. 세상에서 가장 아름다운 울음소리가 아닌가? 수많은 동물 중에서 사슴만이 먹이를 발견하면 함께 먹자고 동료를 부르기 위해 운다고 한다.

세상에서 가장 아름다운 이 울음소리를 당신은 들어 본 적 있는가? 여느 짐승들은 먹이를 발견하면 혼자 먹고 남는 것은 숨기기 급급한데, 사슴은 오히려 울음소리를 높여 함께 나눈다는 것이다.

'녹명'은 시경(詩經)에도 등장한다. 사슴 무리가 평화롭게 울며 풀을 뜯는 풍경을 어진 신하들과 임금이 함께 어울리는 것에 비유했다. '녹명'에는 홀로 사는 것이 아니라 함께 살고자 하는 마음이 담겨 있다.

구약 성경에 나오는 인류 최초의 살인 사건은 부모의 사랑을 독차지하기 위해 카인이 동생 아벨을 쳐 죽이는 살인 사건이 발생한다. 부모는 자식을 위해 목숨까지 바쳐 사랑했는데 그 형제끼리는 왜 역사 속에서 서로 죽고 죽이며 싸워야만 하는지…….

권력과 돈 앞에서는 왜 형제가 아닌지? 가족이 아닌지? 가슴이 먹먹하다. 조선 건국의 이성계의 아들 이방원이 자신의 동생 둘을 잔혹하게 죽였다. 오늘날 재벌가의 유산상속 분쟁도 서로가 서로를 죽여야 한정된 재화나 권력을 독차지할 수 있는 비극적 사실을 수시로 본다. 나의 이익을 위해서는 너를 잡아먹어야 하고, 내가 성공하기 위해 너를 밟고 올라서야 하는 현실들을 본다. 꽃이 아무리 예쁜들 어찌 사람이 꽃보다 못하단 말인가?

《이기적 유전자》라는 책을 써서 세계적인 스터디 셀러 작가로 유명해진 리처드 도킨스는 이렇게 말한다.

"남을 먼저 배려하고 보호하면 그 남이 결국 내가 될 수 있다."

서로를 지켜주고 함께 협력하는 것은 내 몸속의 이기적 유전자를 지키는 가장 좋은 방법이라는 것이다. 약육강식으로 이긴 유전자만이 살아 남는 것이 아니라 상부상조를 한 '종'이 더 우수한 형태로 살아남는다는 게 도킨스의 주장이다. 결국 이기심보다 이타심, 내가 잘 살기 위해 남을 도와야 모두가 잘 살 수 있는 유일한 길이라는 것이다. 이 경우가 사람이 꽃보다 아름다울 수 있는 게 아닌가?

세상에는 이루 셀 수도 없는 소리들로 넘친다. 개도 울고, 닭도 울고, 심지어 하늘과 바람도 운다고 한다. 좋아도 울고, 슬퍼도 울고, 이별에 울고, 감격에 겨워도 운다. 시인 조지훈은 '울음이란 지극한 마음이 터지는 궁극의 언어'라고도 했다.

차가워지는 날씨, 따뜻한 말 한마디에서부터 오늘 하루 우리 모두 세상에서 가장 아름다운 소리를 만들어 보는 건 어떨까? 당신 때문에 위로와 힘이 되고 좀 더 따뜻한 하루가 되지 않을까 한다.

나오며

생각으로부터 벗어나는 길

이 책이 나오기까지 도움을 주신 파스요법의 대가 남산 스님, 세계적 석학으로도 지장이 없으신 함인구 선생님, 그리고 은적사 신도회장 김희옥(묘덕행) 보살님, 박소례(법률행) 보살님, 최정식(선도) 거사님, 이주언(무등) 거사님, 송호영 거사님을 비롯한 은적사 신도님들께 감사드립니다.

요새 코로나로 세계가 질병과 경제침체로 어렵습니다. 소승인 저도 얼마 전 코로나로 인하여 조금 힘들었습니다. 남의 일만 같았는데 저에게도 닥친 것입니다. 하루빨리 질병이 사라지고 경제가 안정되는 시기가 오기를 기원합니다.

지금 제가 있는 은적사는 푸른 숲과 산새들이 지저귀는

소리가 정말 아름답습니다. 먹을 것과 잠잘 곳만 있으면 되는 동물들에 비하면 사람들은 훨씬 더 많은 것을 가지고도 때로는 더 많은 것을 추구합니다. 이렇게 추구하는 마음이 고(苦)인 줄을 모릅니다.

추구해서 가지기까지도 힘들고 가지고서도 지키기까지도 힘들고 지켰어도 생을 마감할 때는 가졌던 것에 대한 애착을 놓지 못하면 힘만 들 뿐입니다. 결국 필요 이상의 추구는 마음이 고(苦)인 줄 모르는 것입니다.

추구하는 마음은 추구한 생각입니다. 결국은 마음의 고(苦) 해결은 생각의 정리로부터 시작해 생각으로부터 벗어나는 길입니다. 그 길도 오직 각자의 마음에 있습니다.

생각은 생각일 뿐

초판 1쇄 발행 | 2022년 8월 26일

지은이 석초 스님
펴낸이 이정하
사진 스튜디오것
디자인 안미경

펴낸곳 스토리닷
주소 서울시 서초구 방배동 934-3 203호
전화 010-8936-6618
팩스 0505-116-6618
ISBN 979-11-88613-26-7(03810)

홈페이지 blog.naver.com/storydot
SNS www.facebook.com/storydot12
전자우편 storydot@naver.com
출판등록 2013. 09. 12 제2013-000162

스토리닷은 독자 여러분과 함께합니다.

책에 대한 의견이나 출간에 관심 있으신 분은 언제라도 연락주세요. 반갑게 맞이하겠습니다.